夏目漱石絶筆
『明暗』における「技巧」をめぐって

中村美子 著

和泉書院

『明暗』と「幻惑」としての読み

夏目漱石の『明暗』は、天蓋のように私達の上に覆い被さっている。誰も未だそれを上から見渡した者はいないし、ましてやその全体像を示し得た者はいない。大正五（一九一六）年に「朝日新聞」紙上に連載発表されたものの、その完成を見ずに作者が永眠したために、未完の作として遺されたものである。しかし、未完結ではあるものの、漱石作品の中で最も長大な一篇であり、そこに展開されている内容は、漱石のいずれの作品にも負けない豊かさを有しており、『明暗』論は近年ますます隆盛となっているのであり、やはり驚くべきことである。中絶された作品のその後の展開を試みたものも古くからあり、近年にも幾つか著されているが、それらの中には発表当初は世間の関心をひいたものもあったが、そのいずれもが読者に強い不満を覚えさせたのも事実であり、『明暗』の続編が如何に難しいか改めて確認されたと言えよう。その理由の一つとしては、『明暗』の方法論そのものについての無理解が考えられるところである。また、『明暗』論多しと言えども、その方法論について論じて、読者を納得させるものがなかったのも事実である。

そうした中で、ここに上梓された中村美子氏の『明暗』論は、見事に方法論の要諦を明らかにしたものであり、『明暗』を読む者に覚醒を促し、眼の鱗を落としてくれる論である。その効果だけでも一読の労を取るに十分に値する論考である。

本論考の中軸を成すのは、『明暗』中の人物の弄する「技巧」の問題を分析することを緒として、作者漱石の「芸術家としての技巧」をも併せて論じ、「技巧」論の集大成への展開である。『明暗』を当時作者が到達していた「私のない小説」と言われる小説観の実践とすることにある。中村氏の論の中核は、「I」でまとめている「幻惑としての読み」の提示にあると言ってよいであろう。文章を読むということは、結局は作者の「幻惑」に対して、読者としての「幻惑」を対置・醸成することだというのである。漱石が『明暗』で到達した境地に迫るには、そうした「幻惑」の醸成を読者それぞれが実践するしかないというのである。「幻惑としての読み」と「私のない小説」と、これらは間違いなく今後の『明暗』論の核となる概念であろう。『明暗』に取り組む人々に多くの示唆を与え、指標を示す、好論の上梓を心から喜びたい。

二〇〇七年六月

京都女子大学教授　海老井　英次

目次

I

第一章　近代文学研究の現在（一）

――ゆらぎの中で――

一

例えば次のような場合、「テクスト分析」とはどのような手法を具体的には指すのだろうか。

すでに言い古されたことだが、ここ一五年ほどの〈日本近代文学研究〉は、テクスト分析の手法を洗練させ、より精緻化させてきた。少なくとも一人の後発者としてはそう見える。テクストの言説的な秩序を総体として問題化し、〈語り手〉を方法的に括りだして、物語世界との関係のしかたを問い直させたし、登場人物間の権力と抗争関係、具体的なコミュニケーションの諸相を議論の俎上にのせた。登場人物や〈語り手〉の思考・発想・言動・行動が意識的・無意識的に依拠しているコードを剔抉し、その歴史性・イデオロギー性を指摘してみせた。時として〈コードをえぐりだす〉ためだけに小説テクストが使われてしまうという気味合いがないではなかったけれど、そのような問題をはらんだテクストの無自覚な受容と反復が、さまざまイデオロギーの再生産に寄与しているのだという、きわめて重要な知見も得られた。（五味渕典嗣「《共同研究》に

4　かんするささやかな提案」）

「日本近代文学」第六十七集(1)に「展望」として掲載されたこの文章は、高校教師である自らの、同僚との討議による教材研究の体験を基にした、共同研究の提言である。「テクスト分析」だけではない。「コミュニケーションの諸相」、「コード」、「イデオロギー性」などの語彙が研究論文に頻出するようになったのは、「ここ一五年ほどの〈日本近代文学研究〉」の特徴であると見なすことができる。この文章に示された「ここ一五年ほど」とは、一九八五年、夏目漱石の『こゝろ』（大正三年四月二十日から八月十一日まで、「東京朝日新聞」、「大阪朝日新聞」に連載。）について書かれた論文を契機として起こった、いわゆる〈『こゝろ』論争〉以後のことを指すものである。論争の発端は周知のように、石原千秋「「こゝろ」のオイディプス―反転する語り―」(2)、小森陽一「「こころ」を生成する「心臓《ハート》」」(3)であるが、時期を同じくして、秦恒平の戯曲『こころ』(4)―「私」と「奥さん」の事後的な関係を暗示した―が発表されたことも手伝って、注目を集めた。〈『こゝろ』論争〉という言葉の定義については、小森の「「私」という〈他者〉性―『こゝろ』をめぐるオートクリティック―」(5)における、「もしここに〈『こゝろ』論争〉というものがあったとすれば、それは三好行雄が、秦恒平と石原千秋及び「小森陽一」を批判し、それぞれが三好に答え、再び三好が批判を展開していくという形で、一九八六年から八八年にかけて行われたやりとりを指している。」という規定に従うことが妥当であるように思われる。その後もこの論争に関連して多くの論文が書かれたことから、この論争の影響力はかなり大きなものであったとみなすべきであろう(6)。

　当時の石原と小森の論は幾つかの点で共通しており、その共通点が論争の焦点となるわけである。その共通点は、後に石原によって、座談会「『こゝろ』論争以後(7)」の資料として出席者に前もって配布した「ラフ・スケッチ」において、整理されている。石原は、「『こゝろ』論の彼方へ」（同前）と題されたその文章の中で、自らと小森の論の共通した論旨として三つの主張を挙げている。その一点めは、手記の冒頭でも年少の「私」（青年）による「先生」という呼称は、年長の「私」（先生）による、友人への「K」という呼びかけに象徴される関係性に対する批判であり、そこに「先生の遺書の書き方を差異化している」という読みを引き出す所以をみるという点である。「「余所々々しい頭文字抔はとても使ふ気にならない」という一節が、先生こそが親友をKという「余所々々しい頭文字」で呼んだ人間だったことを暴いてしまうことに、重い意味を見出だした」としているものである。二点めは、青年である「私」と未亡人となった「奥さん」との関係についての指摘であり、細部の違いはあるものの、その後の人生をともにするという読みを繰り広げる点である。[8]三点めは、二点めをうけて、公表を禁じた先生の言に反して「遺書」が公表されうるのは、青年と「奥さん」の間に新しく生じた関係を前提している、という読みである。石原は、以上三点の読みにおいて両論が共通していると整理している。

両論に触発されて書かれた論のうちの早いものでは、大川公一「「善悪の彼岸過迄」としての「こゝろ」」[9]がある。その冒頭近く大川は、一人の読者として、読後に残された「このくすんだ墨絵のような暗さ、淋しさは、どこから来るのだろうか」、という疑問を提示する。そしてその疑問に答える形で、「この作品の役割は、若者に人間のこころについての認識を与えることにあろう。」としている。その上で、「人間のこころ」とは、作品中の「先生」が青年に託したような「暗い心」[10]であったとしている。すなわち、大川の考えの根本として、作中の「先生」が青年に自らの暗い「こころ」を託したように、漱石が新時代の青年に自分自身を託したということがある。この点は、石原と小森の一つめの論点に対する反論とみなせるものである。その上で大川は、小森論に対して、氏の能力が、「作品そのものを変形させる方向に働いてしまったのではないだろうか。」と批判している。

その批判に対して小森は、「こころの行方[11]」において、「読む行為とは常にテクストをそれまでの現象方《あらわれ》から「変形させ」ることにあるとぼくは考えている。定形のテクストは存在しない。」と反論している。さらに同論で一九八五年の自らの論について、遺書を受け取って読んだ「私」が自らの手記を加えて書き写すまでの、「『心《こころ》』というテクストにおける時間的空白」を「「私」と「奥さん」が、「K」と「先生」の死を「取り込み」、「精神と肉体を分離させることなく」、「孤独のまま」「共に―生きること」を選んだはずだ、というぼく自身の言葉で埋めてみた。テクストの中にある、空白をめぐるわずかな言葉の破片をコードとコンテクストにしながら。」と振り返っている。二点めにあたる、その新たな「私」と「奥さん」との関係について、田中実「『こゝろ』という掛け橋[12]」は、「『こゝろ』という作品の解読によって生じた別の物語の派生であって、作品解読作業からの逸脱行為であると思う。」としている。それに対して小森は、「彼（田中を指す―中村注）の立場はつきつめれば、作品に実際に言葉として書かれていないことを読むことは許されない、という超保守的な〈作品論〉者のものに他ならない。」と応酬している。三点めの、「先生」の遺書が公表されえている事態が「奥さん」と「私」との新しい関係に基づくという解釈について、三好行雄は「〈先生〉はコキュか[13]」において、「奥さんは今でもそれを知らずにゐる。先生はそれを奥さんに隠して死んだ。」という部分を指摘して反論する。それに対して秦は、三好への「返答」として、「「先生」はコキュではない[14]」において、「この一条など、「静」を今は妻にもし得ている「私」の、いわば一言表向きの謙辞なのである。「…である」と書いて「…でない」ことを表現しえている豊富な漱石修辞に、「いい読者」は盲目であっては済むまい。」と答えている。秦は「いい読者」について、「記憶力」、「想像力」と、「いくらかの芸術的センス」、「繰返し読むこと」が必要であると、ナブコフの言葉を借りて述べる。そしてそれと対照して、「目前の「言葉」にのみ足をすくわれて身動きならぬ読者」を挙げている。ここには、創作を本職とする秦と、分析的言語感覚によってたつ文学研究者三好との間に、言葉を前にしての根本的な姿勢の違いをみるべきであろう。

このように見てくると、石原、小森、秦の立場は、書かれていない時間、書かれていない事柄の扱いにおいて共通するようである。ただし、秦は戯曲という創作に近い形で自らの読みを発展させているのに対し、石原、小森の両論はあくまでも、テクストの言葉に導かれた形でという条件のもとに成立しているという違いは重要である。小森自身も一九八五年の自らの論について、「書物としてあらわれている『こゝろ』というテクストにおける、物語内容と物語言説そして物語行為の時間論的な相互作用を明らかにし、「先生」と「私」という、二人の書き手の言説の差異性を探ることで、二つのテクストが葛藤する場として『こゝろ』の動態を捉えようとしたのである。」（一六頁注5前掲論文）と述べ、「もとよりディコンストラクティブな論文の書き方を初めて実験したもの」であると事後評価している。石原は自らと小森の方法的な共通点を、「テクストの細部を重視したこと、そして、書いてあることと書いてないこととの境界を、読むという行為によって押し広げたことである。」（一六頁注6前掲論文）という認識を示している。彼の「改めて確認するまでもなく、テクストの言葉はある枠組から読むことで始めて意味を生成する」という前提も同様のものと見なすことができる。手法においては、テクストの言葉から作者を切り離すだけではなく、そこから一歩進んで、自らの選んだイデオロギーを読みに介入させるという点に、斬新さがあった。この彼等の「方法的な挑戦」こそが、『こゝろ』に固有の問題だけでなく、〈日本近代文学研究〉全体における広い波紋を長い間にわたって残すに至ったゆえんである。

二

ロラン・バルトは、「読者の誕生は、「作者」の死によってあがなわれなければならないのだ。[15]」という言葉に象徴的なように、読者論の構築を目指していた。〈『こゝろ』論争〉の経緯は、バルトの「読書のエクリチュール[16]」という文章を想起させる。バルトはその冒頭で、ある本を読んでいて、その記述に触発されるようにして、「思いつきや刺激や連想の波が押し寄せてきて」読書の途中で立ち止まる―「顔を上げながら読む」（傍点原文―中村注）という事態を指摘して、自らの『S／Z』をそうした「読書の記述《エクリチュール》」であると述べる。そしてそれは本から顔を上げるとき、頭の中で書いている一つのテクストであると説明する。バルトは多くの批評というものが、「なぜ作者がその作品を書いたのか、いかなる欲動、いかなる強制、いかなる制約に従って書いたのか、を説明しようとつとめる」ことへの不満を漏らす。さらに「作者は、読者に対して権利をもち、読者に対して作品のある一つの意味を強制する、と考えられている」という状況に問題提起する。そのような背景が、「読書のテクスト」と彼が呼ぶ、「読者が聴き取る＝意味すること」の価値の見直しを提言させた。また、ヴォルフガング・イーザーは、『行為としての読書　美的作用の理論[17]』において、読者の質ということについての議論を展開するが、そこでも読者の立場の見直しということが、議論の前提となっている。イーザーの著書には、「文学テクストに関する理論を展開しようと思えば、もはや読者を考慮しなければ完全なものとはいえない。すなわち、テクストの意味論的ないし語用論的な可能性（ポテンシアル）を考察して行くにつれて、読者の存在はこれまでにはなかった準拠枠にまで高められることになった。」とある。このように、近年においては読者の存在はこれまでとは違ったものとして意識されるに至っている。石原、小森の立場は、こうした読者論を理論的な下敷きとしていると考えることができる。つまり、〈『こゝろ』論争〉において、彼等は、それまで揺るぎなかった作品の所有者としての作者の地位に揺さぶりをかけたと言うことができる。それは、作者に遡及せず、あくまでもテクストに導かれた形で、自らの選んだイデオロギーをテクストに介入させることで意味を生成する、その際にテクストを作者の意図したものから変形させることも可能である、という立場であった。その立場に対して、従来から支配的であった、作品の持つ一貫した個性というもの―そこに作者の精神を映し出す―を重視する立場からの反論がなされた。そして、〈『こゝろ』論争〉のこの点に、冒頭に紹介した「ここ一五年ほどの〈日本近代文学研究〉」の方法論的なゆらぎの起源をみることができると考えられる。

小森は、一九八七年から十年近く〈日本近代文学研究〉は「反動期」にあるという認識を示している。[18]「反動期」の契機を何にみるかは今は問わないとしても、作者の権威を脱した「反動」としての性格を、現代の読者論を前提とした〈日本近代文学研究〉の動向にみているものであると思われる。おそらく十年を経て現在も、〈日本近代文学研究〉は方法論的なゆらぎの中にあるように感じられる。

三

アメリカにおいて、一九三〇年から一九四〇年代を中心におこったいわゆる「新批評《ニュー・クリティシズム》」は、批評においてテクストの「自立」を主張し、作者の「意図」の排除を基本原理とする理論である。「新批評」はもともと、北部の左翼勢力を背景とする「社会派」と呼ばれる人々に対抗して、南部の詩人や学者たちの間から生まれたという経緯から、テクストの解釈に異質なもの、例えば政治や社会などの介入を嫌忌した。このような「新批評」に対して、ポール・ド・マンは“Form and intent in the American new criticism,” *Brindness and Insight*[19]（「アメリカの新批評における形式と意図」）において、論争を仕掛けている。この論争はテクストにおける作者の意図という問題において興味深いものである。「新批評」の側のウィムサットは、「詩は行為である」ということを認めた上で、批評に際しては対象物として実体化されなければならないと主張する。ウィムサットの発言のなかの「詩は行為である」という表現を取り上げて、ド・マンは詩の製作に意図が含まれるということをウィムサット自身が認める証しであると指摘する。[20] ウィムサットの言うように、「意図の個性を抑圧することによって、文学的な行為を文学的な対象に変えてしまう」ことは、批評という立場からすると、必要なことであると、ド・マンも認める。けれども、そのことによって、文学言語が「自然の物」と同じ状態を持つものとして扱うことは許されないと、ド・マンは主張するのである。

この仮定（文学言語が「自然の物」と同じ状態を持つという仮定―中村注）は意図というものについての誤解に基づいている。意図とは自然の法則と同じように、読者の心へ詩人の心の中に存在する、心理的な或いは精神的な内容を移し替えることであるかのように見える。それはあたかも、人がグラスにジャーから、ワインを注ごうとすることと同じように思えてしまう。例えば、ある内容をどこかに移し替えられなければならないと仮定した場合、その移し替えに要するエネルギーは、意図と呼ばれるもので、それは外側の源に由来するべきはずのものである。したがって、先に述べたような誤解は、意図性という概念が、その本質において、身体的でもなければ心理的でもなく、むしろ構造的なものであり、その経験的な関心事とは無関係に、ある問題の成り行きを必然的に左右するものであるという事態を、無視することから起るのである。ただし、そういった経験的な問題が、構造の意図性と関連がある場合は別であるが。[補注一]（日本語訳は中村による。）

ド・マンは、文学言語が「自然の物」と同じ状態を持つと仮定することは、すなわち、文学言語から意図というものを排除することである、と述べている。(21) 彼の主張は、文学言語は精神的な内容を移し替えようとする作者の意図を託されており、その点において「自然の物」とは違っている、というものである。その意図は、文学言語のあり方を必然的に左右するはずのものである。文学言語を「自然の物」に近い対象物とみなして、そこから成立の意図を排除する扱いは、この意図というエネルギーの影響を誤解したものである。文学における意図性について、ド・マンはさらに次のように述べる。

詩の構成における意図というものは、その結果としてあらわれる事物のあらゆる細部にわたって、一々の構成要素の間の関係性を決定づけるものであるが、その構成という行為に携わる人の特殊な心の状態と、構成された事物の関係というものは、必ずそれに付随するものである。椅子というものの構造の細部の全ては、人が必ずその上に座ることになっているという事実によって決まるのであるが、それは決してその椅子の部分を組み立てている木工の心理状態によって決まるものではない。文芸という営みの場合、それは当然のことながらもっと複雑ではあるが、それでもなおその行為の意図というものは、決して詩というものの調和を脅かすものではなく、かえってそれを確かにするものであることは間違いない。[補注二]（日本語訳は中村による。）

ド・マンの述べるように、自然物とは違って、文学的な行為には、構造上の意図というものが創作物の外側にある。そして椅子のような目的のはっきりした、いわば道具的なものと違って、文学的な創作は、創作者の心の状態に左右される。そしてほかならぬその点において、一つの纏まった世界としての「調和」を付与されるのである。ここで問題になるのは、意図の個性が作物に及ぼす影響である。作物は自然物とは違って、精神的な何かを伝えようとする人の意志に否応なく影響されており、その意志が作物にある「調和」を与えている。行為としての文学を対象として認めるということは、その作物の属性から成立に関わった意志を除外するということである。それは明らかに矛盾を犯しており、作物に本来具わった「調和」を見失わせるはずである。

アメリカでのこの「新批評」解体の経緯は、意図の扱いという点で、現在の問題にとって、示唆的である。日本においても「テクスト分析」を主眼とする立場は、意図の個性という点からすると、やはり損なっていると評価せざるをえないものである。それを損なうことが許されるとする判断は、おそらくウィムサットの犯した、創作物を「自然の物」と同様に見なすという誤解を繰り返すものである。意図の個性を無視することによって、読者のイデオロギーに準拠する読みは、主観的な読みに陥りやすいという危険を孕んでいる。その危うさから、互いの主観を照らし合わせ、修正するという、冒頭に引用した「展望」において五味淵の提案するように、共同研究の方法で自衛するということも、ある程度の効果を期待しうるであろう。けれども読者の主観性の歯止めとして、ほかならぬ作者の意図を見出すという方法の選択を避けることは、むしろ不自然でさえあるように感じられる。

四

もしかりに、文章から作者を切り離し、あくまでも表現された言語に忠実なつもりであっても、言葉はその背景となる脈絡というものを背負っているはずである。日本の古典文学に置き直して考えてみても、時代や地方によって、同じ言葉が違う意味を持つ例は、微妙な差異も含めれば、それこそ枚挙にいとまがない。そのようなものとして目の前にある言葉を扱うに際して、現代の自分の読みで読むのだということは、趣味の次元では許されても、研究としては受け入れられない。つまり、記号としての言語は、その意味するものと意味されるものとの間に、宿命的にずれを内包するとしても、少なくとも単語の次元で言えば、それを遣って表現を試みた作者の側に紐帯を持つと認めざるをえない。伝統的な古典文学研究の手法としては、語の意味を推定するに際して、まずその作者の文章から同じ語の用例を抽出し、次に同時代の文章から同様に用例を抽出する。それらの用例の集積から、問題とされる場所での語の意味を推定する。言うまでもなくこのような手法は古典文学研究においては常識的なものであるが、近代文学研究においてもそれを無視することは賢明であるとは思われない。文章を、個々の語の意味という次元に引き下ろしたとき、作者や時代という脈絡による帰属を裁断することは許されないはずである。そして、文章は紛れもなく一つ一つの語の集合体である。

例えば、「殉死」という言葉、「明治の精神」という言葉を、明治時代の社会的文化的な状況を考証し、再現してみることなしに、注釈することは不可能である。軍人の中でも特に将軍という立場を、そして将軍と天皇という関係を再現してみざるをえないのである。それに際して明治の天皇制ということの内実がいかなるものであり、さらに天皇を頂点とする階級意識がその社会に属する個人の精神にいかなる影響を及ぼしたかということを鑑みざるをえない。その上ではじめて、日本の明治時代においてありえた「殉死」という行為や、「明治の精神」という言葉━━当時の日本人においては何らかの精神的傾向を指示しえた━━について、注釈することが可能になるはずである。

このような観点からすると、石井和夫の「「研究と批評の接点」以後[22]」における、「注釈に注目するのは作品の内部と外部を本文を通して結ぶ性質があって、最も基礎的な作業であると同時に、本文の解読を徹底することが新たな読解の可能性を示すことがあるからだ。」という指摘は重要な意味を持つと思われる。すなわち、言葉は意味を通じて、「外部」とのつながりを所有している。その「外部」とは言語体系を共有することによる文化の体系であり、読者がそれを教養として身につけている場合には、テクストから肌で感じるパーソナルな喜びとして、共時的に感動を得ることができる。そうでない場合は、注釈によってそれを補いつつ、解釈することになる。日本古典文学は時間的な隔たりによって、厳密に言えば、作者と言語及び文化の体系を共有しえていない。日本近代文学といえども、無条件にそれを共有していると見なすことはできないはずである。とすると、同様の解釈の手続きが石井の述べるように、「内部」と「外部」を結ぶものとして要求されてくることは必至である。

小森の言葉を私なりの解釈で借用するなら、現代は作者の意図を無批判に登場させてきた時代の「反動期」に位置している。山﨑國紀は「学会の歴史のなかで」（一八頁注22前掲誌）において、山田有策の「その作家の表現理由、つまり、なぜ書くかということを含めて、私たちの言葉で記述していくことに尽きるわけです」という言葉を引用して、「日本近代文学の大方の研究者は、先の山田氏と同じような方法論を基本的には認識しているのではないか。」としている。そうでありながら、作者を権威としてきた時代に回帰するような錯覚の上に、大方がそれを慎重に避けてきた。そのことが、「反動期」の「反動期」たる所以であったと思われる。あの記念碑的業績となった、一九八五年の小森の『こころ』論に立ち戻ってみると、紅野謙介「小森陽一氏の二著をめぐって―ユートピアの彼方へ」(23)の、文学として囲い込まれた神聖な領域を切り裂き、「開かれたテクストの世界を私たちに示してくれた。―（中略）―しかしどうやらもう一つ別の「ユートピア」を招来してしまっているようだ。」という指摘が、あらためて至当であると感じられる。それは、作者というユートピアに代わる読者というユートピアであった。テクストを変形させた、いわば固有の読みが、「ディコンストラクティブな論文の書き方」（一六頁注5前掲論文）の「実験」（同前）であって、読みの「「真理」性」(24)は問題にしない、という形で、規制を受け付けずに存在しうるということは、かつての作者の人格論に傾斜した読みの横行と同様の危うさを内包しているように思われる。いまや、読者論に基づいた読みの恣意性への歯止めとして、テクストの個々の言葉を通して、慎重に作者との対話を取り戻す時期にさしかかったのではないかと考えられる。

注

（1）二〇〇二年一〇月、日本近代文学会、一五三頁。

（2）「成城国文学」第一号（一九八五年三月　成城国文学会）二九頁。ただし、後に玉井敬之、藤井淑禎編『漱石作品論集成【第十巻】こゝろ』（一九九一年四月　桜楓社）に再録される。

（3）「成城国文学」第一号（注2前掲誌）三九頁。ただし、後に以下のように再録される。
・ちくま文庫版『こころ』（一九八五年一二月　筑摩書房）。ただし、解説として。

・『文体としての物語』（一九八八年四月　筑摩書房）。
・『構造としての語り』（一九八八年四月　新曜社）。ただし、「『心《こゝろ》』における反転する〈手記〉―空白と意味の生成―」と改題の上。
・玉井敬之、藤井淑禎編『漱石作品論集成【第十巻】こゝろ』（一五頁注2前掲書）。ただし、「『心《こゝろ》』における反転する〈手記〉―空白と意味の生成―」と改題の上。
（4）一九八七年一〇月の公演のための脚本で、秦恒平『湖《うみ》の本』（一九八七年九月　秦恒平）に掲載されるが、俳優座はこのままの上演を避けた。
（5）「文学」季刊第三巻第四号（一九九二年一〇月　岩波書店）一三頁。
（6）「『こゝろ』論の彼方へ」（「漱石研究」第六号（一九九六年五月　翰林書房））一五六頁における石原の整理によると、約四五〇編という、漱石論の中で最多数を誇る『こゝろ』論のうちで、二〇〇編が一九八五年三月以降に発表されたものであるという。企画のテーマとしても、管見の限りで、一九九二年七月に様式史研究会第三〇回記念大会において「総力討論「テクスト論」以後」―『こゝろ』を争点として―」と題してシンポジウムが催され（後に単行本『総力討論漱石の『こゝろ』』（一九九四年一月　翰林書房）として出版）、一九九二年一〇月の「文学」季刊第三巻第四号（注5前掲誌）で「漱石『こゝろ』の生成」という特集が組まれ、さらにこの注の初めに挙げた一九九六年五月の「漱石研究」第六号でも、『こゝろ』の特集が組まれていることからは、話題性を呼んだと言うこともできると思われる。
（7）「漱石研究」第六号（注6前掲誌）一五六頁。
（8）石原は「『こゝろ』論の彼方へ」（注6前掲論文、一五七頁）において、「青年が先生を心的にのり超えて静と結ばれる物語を暗示」し、小森は、青年は「精神と肉体を分離させることなく、つきつめられた孤独のまま、「奥さん」―と―共に―生きること」（一五頁注3前掲論文、五二頁）を選んだとする。
（9）「成城国文学」第二号（一九八六年三月　成城国文学会）六九、七一頁。
（10）大川注9前掲論文、七一頁に次の指摘がある。

正宗白鳥は、その「夏目漱石論」の中で「他人の心の暗さ醜さを傍観的に描いたというやうな空々しいものではなくつて、これ等に現はれてゐるいろいろな疑惑は、作者自身の心に深く根を張ってゐたのぢやないか」とし、「『心』『行人』『明暗』など、漱石晩年の作品に、私は、彼れの心の惑いを見、暗さを見、悩みをこそ見る」と書いているが、私もまた同感である。

(11)「成城国文学」第三号（一九八七年三月　成城国文学会）五六頁。

(12)「日本文学」第三五巻第一二号（一九八六年一二月　日本文学協会）四頁。

(13)「海燕」五巻十一号（一九八六年一一月　福武書店）一九一頁。

(14)「ちくま」第一八九号（一九八六年一二月　筑摩書房）二七頁。

(15)「作者の死」（花輪光訳『物語の構造分析』（一九七九年一一月　みすず書房））八九頁。

(16)花輪光訳『言語のざわめき』（一九八七年四月　みすず書房）三六頁。

(17)轡田収訳、岩波現代選書（一九九八年五月　岩波書店）五八頁。

(18)前田愛について論じた文章を含む、小森の著書『小説と批評』（一九九九年六月　世織書房）四三九頁の「あとがき」に次のようにある。

私の最初の本の命名者でもある前田愛の最も一貫した問題関心は、いかにして読者論ないしは読者研究を、文学批評の一つの軸として位置づけることができるのか、というところにあったと私は判断している。記号論や構造主義の成果を導入し、都市論によって文学空間の重要性を主張した前田愛が亡くなった後の十年近く、日本近代文学研究は全体として反動期に入っていった。その中から、いま若い研究者たちによって実践されている、近代日本の総体を批判的に検討し直そうとする文化研究が生まれてくる出発点に、前田の仕事があったことを確認したかったのである。

(19)日本名は『盲点と洞察』。初版はNew York : Oxford University Press, 1971. 引用はMinneapolis : University of Minnesota Press, 1983.

(20)ポール・ド・マンはウィムサットの主張を次のようにまとめる。（日本語訳は中村による。）

ウィムサットはまずこのように書いている。「詩人と読者の間にあるものとして想定されている詩は、当然のことながら、一つの抽象物である。詩は一つの行為なのである。」—これは意図的な詩論が喜んで賛同する理論である。続いてウィムサットは以下のように言う。「けれども、もしも、それを理解し評価するために詩を書くという行為をものにしなければならないとすれば、またもしも、それが批評の対象として通用するものでなければならないとすれば、詩を書くという行為は実体を伴ったものでなければならない。」

Wimsatt writes at first: "the poem conceived as a thing in between the poet and the audience is, of course, an abstraction. The poem is an act" - a statement to which an intentional theory of poetry would gladly subscribe.Then Wimsatt continues: "But if we are to lay hold of the poetic act to comprehend and evaluate it, and if it has to pass current as critical object, it must be hypostatized."（二四頁）

(21) 文学言語と「自然の物」の間に、本来的には、普通の言語活動を想定しなければならないはずである。が、ここでは、ウィムサットも作詩の意図性ということについてははっきりと認めており（注20参照）、文学言語を普通の言語活動よりも、意図性の濃厚なものと位置づけることができると思われる。

(22) 「日本近代文学」第六十四集（二〇〇一年五月　日本近代文学会）一〇五頁。

(23) 「媒」第五号（一九八八年一二月　「媒」の会）九九頁。

(24) 佐々木英昭『夏目漱石と女性—愛させる理由—』（一九九〇年一二月　新典社）六四頁。さらに佐々木は、小森の論に対して次のように述べている。

これは、『こころ』に付着して来た神話を突き崩す脱構築《デコンストラクション》のパフォーマンスとして見ることもできるすぐれたものです。—（中略）—

漱石研究のこのような流れのなかにひょっくりと生まれ出た『こころ』後日譚は、すでにそれを妄想にすぎぬとするいくつかの批評に遭遇しているわけですが、小森らがもし脱構築《デコンストラクション》であるならば、その後日譚の「真理」性にはそう固執する必要もないでしょう。客観的「真理」の神話を無効にする読みの営為そのものにこそ脱構築の意義があるのでしょうから。

第二章　近代文学研究の現在（二）

――「文学」の価値――

一

前章において、すでに述べたように、現代という時代は「自明視されてきた文学の〈価値〉による保証を失った[1]」時代であるという時代認識が存在する。そのような認識をもとに、いまや私たちは「文学」という領域の枠組み自体を、懐疑の対象とせざるをえない状況に立たされているという状況判断も可能である。二〇〇一年五月に発行された「日本近代文学」第六十四集[2]は、その状況を特集として問題にしている。「日本近代文学会創立五十年―回顧と展望―」と題された特集の中で、現代という時代についての状況判断は様々であるが、興味深いのは、複数の論者[3]が、一九七六年五月に日本近代文学会で行われたシンポジウムに言及していることである。「研究と批評の接点」と題されたこのシンポジウムでの様子は、「日本近代文学」第二十三集[4]に掲載されており、谷沢永一によって、越智治雄の『漱石私論[5]』を象徴とした、読みの恣意性が激しく糾弾された様子がつぶさに読み取れる。その後一九八一年の「國文學　解釈と教材の研究」第四十六巻第六号[6]における吉本隆明と山田有策の対談の冒頭でも、山田はこのシンポジウムを、学界全体が混乱しているという状況判断の上に立った、「危機感」

「焦燥感」のあらわれであった、と紹介している。一九七六年のシンポジウムでは、鳥居邦朗「〈私研究〉は不要か」(7)の指摘にあるように、この主題が論じられる前提になるべきはずの、研究と批評のそれぞれの定義が明確ではなかったようである。ただしそうであったにせよ、すでに述べたようなこれからの文学研究のあり方について、問題視する意識がここにおいて、芽生え始めているということは指摘できると思われる。日本近代文学研究の歴史を振り返ると、文学研究の方法を問題視する一つの起点としての意義を、このシンポジウムに認めることができそうである。

このシンポジウムにおいて、司会についで口火を切った前田愛は、越智の『漱石私論』を研究から批評への歩み寄りであると規定し、越智のこの仕事が三好行雄の『作品論の試み』とともに、近代文学研究における作品論の流行をもたらすきっかけになったと位置づける。さらに、その作品論の流行は研究論文のスタイルが批評に近接しつつあることの一因である、という理解を示す。それについでこのシンポジウムの立役者となった谷沢は、江戸文学を扱う方法を学んだ師、中村幸彦の教えを紹介する。その教えとは「近世文学の中の近松門左衛門」における、「私は少なくとも研究者の鑑賞批評は、まず作品を生んだ時代の鑑賞方法に即して行う立場をとるべきだ、と思っている」という、中村の言葉である。それに対して谷沢は次のように自分流に説明を加える。

研究者による批評は、過去に書かれた作品を現代の観点から勝手気儘に裁断してはならない。何の媒介もなしに過去の作品へ素手でとびついてはいけない。歴史上の文学作品に接するためには、まずそれを生み出し、且つそれを鑑賞したその時代独特の鑑賞方法、評価基準、そういうものを可能なかぎり考証研究という方法によって再現して、その作品をそういう土台の上に置いて分析すべきである。研究者は自分なりの努力によって、歴史上のその場に自ら臨んでいるような感覚、略していえば歴史的臨場感を可能なかぎり身につけるよう努力すべきだ。それが学問研究者が行うところの文学批評研究の根本である。

この説明は、厳密にその作品が生み出された時代の受容を再現することの必要性を説いたものである。谷沢はその上で、越智の『漱石私論』を研究者の堕落の見本であると厳しく批判する。

現代という時代は、研究対象との同時代性を日々失いつつある時代である。一九七六年のこのシンポジウムは、今後どのように研究対象に向き合っていくのかという、問題提起の意義を認めうると思われる。

二

一九七一年、ロベール・エスカルピは『文学の社会学』(8)、「消費」の中で次のように述べる。

あらゆる作家は、物を書く際には、一つの公衆を意識においている。たといその公衆は自分自身であろうとも、一つの事はそれが誰かに対して言われるのでなければ、完全に言われるということにはならない。これが、すでに見たように、発表（公刊）という行為の意味なのである。しかしまた、一つの事はそれがまず誰かのために言われたのでなければ、誰かに対して言われる（すなわち発表（公刊）される）ということにはならない、と断定することもできる。この二つの《誰か》は必ずしも一致するとは限らない。それどころか一致する場合は稀れである。いいかえると、文学的創造のほかならぬ源《みなもと》には一つの公衆＝話し相手が存在するのである。その公衆＝話し相手と、公刊の対象である公衆とのあいだには、非常に大きな不釣合があることもある。

私たちが研究対象とする文学とはいかなるものか、言い換えれば、文学作品とそれ以外の文章の違いは何かということを考察するに際して、エスカルピの着目した、複数の人に読まれ、流布すること、すなわち「消費」という観点は、少なくとも一つの重要な側面を含んでいるように思われる。このことはすなわち、著作という行為が、想定される読者（ここでは「公衆」と呼ばれる）との関係において、一面を規定されるということである。当然ながらその関係は、著作者の想定したありようを、読者の側から超えてしまう場合も往々にして生じてくる。そこで生じてきた著作者と読者の実際の関係を、「意図の両立」或いは「意図の合致」という言葉でエスカルピは規定する。

エスカルピは、「意図の両立」として、「著作者がその作品において表現しようとすることと、読者がその作品において探すこととのあいだには、どんな接触も不可能なほどの距離が存在することがある。」という事例を挙げる。この場合、読者は著作者と別の社会集団に属していると見なされる。そこで、読者は己の属する社会集団の提供する「鏡」（＝「神話」）を仲立ちにして、書物から何らかの啓示を受け取る。その際、著作者の意図と読者の意図とが、別のものとして「両立」していると判断することができる。もう一方の「意図の合致」とは、「作者と読者とが同一の社会集団に属している時には、両者の意図は合致することがありうる。こうした合致にこそ文学的成功は存する。いいかえると、成功した書物は集団が待望していたことを表現し、集団を集団自身に対して啓示する書物なのである。」とされる事例である。この場合の著作者と読者（＝「公衆」）との関係は、三つの共通性によって保証される。その共通性の一つめは、「教養の共通性」であり、二つめは「明白な諸事実の共通性」であり、これは、「正当化も証明も弁証も必要としないところの、いくつかの観念や、信仰や、価値判断や、事実判断」と説明されるものである。さらに三つめは、「言語の共通性」である。これら三つの共通性に保証された著作者と読者の関係は互いの意図を合致させることがありうる。これがエスカルピの言う、「意図の合致」である。

このように「両立」と「合致」を規定した上で、例えば、翻訳という行為は、常に「両立」＝「創造的裏切り」であるとする。そして、その最も特徴的な例として、二つの書物を挙げる。著作者の意図に反して児童文学として世界中で読み継がれることになった、スウィフトの『ガリヴァーの旅』とデフォーの『ロビンソン・クルーソ』である。エスカルピの述べる通り、もはや、スウィフトの意図した「残酷な諷刺」も、デフォーの意図した「植民地主義をたたえるための（時にはひどく退屈な）説教」も、「真のことづけ」としては多くの人に理解されないはずである。

文学の「消費」というエスカルピの観点は、文学作品を社会における共有物とみなした上で、それを「消費」する読者の側の意図に目を向けたものである(9)。ここには、読者論の基礎となる、根本的な視点が提示されているとみなすことができるように思われる。エスカルピの論は、ものを書く人間が書くに際して読み手となることを予想した相手、「名宛人」にのみ読まれるのが単なる記録文であり、それ以外の人間にも読まれるのが「文学」であると規定する。すなわち、「名宛人」を超えて、社会の共有物として所有され「消費」されうる内容を持つことが「文学」の条件であると、エスカルピは定義している。

三

エスカルピに添って考えてみると、書かれた文章が「名宛人」を超えて社会の共有物として存在し続けるためには、読者から判断して、「名宛人」となった人との共通性や相似性があり、自分を「名宛人」に置き換えてみることができるということが、条件となるはずである。「名宛人」の指定という枠を乗り越えうるのは、その文章の本来個別であった内容が、普遍としても通用しうる要素を持っているということであり、何らかの普遍性がそこには必要とされる。年月を経て「文学」として受け継がれてきたということは、その文章の内容が、「名宛人」の指定という枠だけではなく、時代の枠をも乗り越えて、普遍的な内容を所有していたという証である。受け取る側は、自分に宛てられた文章でない以上、そこに語られているのは自分にとっての現実ではない。現実の役には立たないと同時に現実の害毒も被らない。すなわち、好い意味でも悪い意味でも、そこから直接生活に影響を及ぼされることはない。ただし全く自分からかけ離れた非現実でもない。自分の持っている現実と何らかの共通性がある。だからこそ、そこから人生について学ぶことができる。

ここに、批評と研究という言葉を導入すると、批評は、作品の言葉を枠組みとした上での創造行為であり、エスカルピの言葉を借りると、「意図の両立」を目指す場合であると言えるだろう。それは作品に乗っかった自己表現であり、作者の思ってもいなかったような「創造的裏切り」を許容する。研究は、作者の生きた時代の文脈に遡及し、その作品が生まれた時代のコンテクストに戻して読むものであり、エスカルピの言葉を借りると、「意図の合致」を目指すものである。「創造的裏切り」は、批評ではありえても、少なくとも本来の意味で研究ではない。批評は「創造的裏切り」を通して新しい生命を吹き込むことであり、研究は過去の遺物となった作品を現代に生き返らせる役割を担う。もちろん、両者の間にはっきりと線を引くことはできない。ただし、その作品を、創造的に使用しているのか、本質的に享受しているのかという、自らの立つ位置についての、はっきりとした自覚が、「消費」する側には前提とされなければならない。例えば、比喩的に言うと、『ガリヴァーの旅』や『ロビンソン・クルーソ』を児童文学として著作された作であると錯覚することは、少なくとも研究の次元においては許されないということである。両者はともに児童文学として、国内外で広く享受されているが、その享受のされかたは、いわば全的な受容ではなく、多くが子ども向けに編集されたものである。『ガリヴァーの旅』は、小人の国、大人の国の二つ、あるいはそれに馬の国を加えた三つの編で構成された場合に、整った美しい形式を保持することになる。にもかかわらず、かなり雑多な印象を持つ第三部がそこには付け加えられている。第三部は、アイルランドに対するイングランドからの植民地支配の圧力に対して、筆をもって反撃を挑んだと考えられている。日本語への翻訳者である中野好夫は、児童向けの本[10]で、一、二編と三、四編を分割して、それぞれ『ガリヴァー旅行記』、『続ガリヴァー旅行記』とし、その「まえがき」において、前者を小学校高学年生、後者を中学生になってから読むようにと、勧めている。一方の『ロビンソン・クルーソ』は、児童文学としては、こころ躍る冒険を追体験したり、あるいは、与えられた運命の中で、創意工夫をこらして、逆境を生きることを読み取ったりすることができる。そのような読みは、子ども達に人生の楽しみを感じとらせ、逆境にめげずに生きていく勇気と、自分で考えて努力する意義を感じ取らせてくれるはずである。ただし大人が研究を目的に読む場合、助けた相手が曇りない忠誠心を持って自ら主人公に仕えたり、主人公が一方的に「蛮人」の信仰を否定するという点からは、白人中心の植民地主義の慫慂をそこに読み落とすわけにはいかない。すなわち、文学研究の俎上に乗せた場合に、児童文学として広く流布している本文と、作者の提供した本文全体との比較を、不可欠の過程とするはずである。その作品が児童文学として使用されうるということは、作品の偉大さを証明しているとは言える。けれども、その読みはあくまでも作品を使用しているのであって、そこには、使用しているという自覚が不可欠である。

ただし、「意図の合致」を保証する三つの共通性のうちで特に、「明白な諸事実の共通性」は、作品の生成時期から時間を経るにつれて、希薄になってくることは必定である。「教養の共通性」も次第に失われてくるし、「言語の共通性」は三つの中でかろうじて保たれたとしても、厳密に判断すると、やはりゆっくりと失われてくると言わざるをえない。そのために、注釈の必要性はますます高まり、厳密さを求められるようになる。先に起点として位置づけた、一九七六年のシンポジウムの問題意識は、明治から百年あまりという時間的隔たりを経て、あの時期に起こるべくして起こった動揺であったとみなすべきではないかと思われる。

四

漱石が留学から持ち帰った収穫として『文学論』(11)において述べる、「F＋f」(12)の公式は、英文学と漢文学は同じ文学ではあるけれども同列に論じることができない、という煩悶を抱え込んだ苦心の末に、獲得したものであった。文学は言語と密接に関わって、その言語圏独自の情意の世界を、総体として形成するものである。「F」に付加される「f」は、言語により、人により違う情意の文脈の個別性を認め、作品を挟んで作者の「f」と読者の「f」を別々のものと見なすことの証であった。そのことは、(二)で述べたエスカルピの文脈に置き換えると、「意図の両立」を保証する要件ということになる。読者は作者の意図を権威的に押しつけられる存在ではない。その一方である意図を持って書かれた文章というものが無機質で表層的な単なる物ではありえないことも事実である。漱石の方法にしたがって、読むということを考えてみると、現実の歴史的存在である作者と作品とを切り離した形で、読者はいわば作品と自らとの間に、文章にしたがって「幻惑」[13]としての読みを構築する。その上で、自らの読みを一旦作者の同時代のコンテクストに戻して、奇矯な論に陥っていないかを点検しなければならない。そして再び文章に戻って、読みを修正あるいは再構築することになる。作者の「情緒的要素（f）」と読者の「情緒的要素（f）」とが互いに規制し合いつつ、しかも両立するということはこのような揺り戻しを必要とするということである。その繰り返しの過程で、新を競う読者の極端な読みは、作者の「f」の側から規制されなければならない。テクストを通り越して人としての作者に近づきすぎる読みは、読者の「f」の側から、テクストの含意に基づいて規制されなければならない。或いは文学よりは伝記や歴史に近いものとして分類し直されなければならない。両者の意図は互いに規制しあい、原理的には、作者の創造しようとした世界と読者の読もうとした世界の葛藤の中に、「幻惑」としての読みが生じるということになる。互いに規制しあいつつ、別々のものとして作者の意図と読者の意図を両立させる。表現者である作者の、言語に託した含意性と、その言語をたどり自らのうちに紡ぐ読者の、言語による連想と、二つの情緒の世界のせめぎ合いの中に、読みは「幻惑」として成立することができる。漱石の提示する、「幻惑」としての読みは、現在の作者と作品と読者の問題にとって、意義深いものであると思われる。文章を通して、間接的にではあるが、読者は個人として共感を抱く。そこから読みとられる要素が特殊で個人的なものであればあるほど、共感の度合いが強くなる。また、そこから読み取られる要素が普遍的なものであればあるほど、共感をする人が多くなる。「幻惑」としての読みを通した共感、ここに、読まれるものとしての〈「文学」の価値〉が問われるのではないかと考えられる。

「一郎的な言葉を生きること」と題された「漱石研究」第十五号[14]での鼎談において、吉本隆明は次のように述べる。

結局は、作品を読む読者に対して、こういうところはおれだけしか分からないよというふうに思わせる、本当はそんなことじゃないんですけど、そう思わせる要素が多い作品はいい作品なんじゃないかという、これは僕が漱石を読んだということから導いた、非常に大きな収穫なんです。

ここで読者の立場から強調されているのは、個人の情感による理解、すなわち共感である。「おれだけしか」という言葉に込められているのは、その情感の密度の高さへの自負であり、自意識と呼ぶべきものである。自意識を持った人間、様々な経験を背負った人間として、作品を挟んで作者との共感が生まれる。そこに書かれた内容が、多くの人に広く共感を与える場合もあるし、数として多くはないがある特定の人には心の琴線に触れるような深い共感を与える場合もあるはずである。いずれにせよ、そこに共有され共感される何かが存在する。このように考えると、文字で書かれたものの中で、「文学」として認知されてきた領域に固有の性質は、そこに表現された世界との共感であり、感化であるとみなすことができると考えられる。それはある場合は、作者との人間同士の共感であり、感化であると読者に認識されることもあろう。その場合の作者は、その作品にのみ存在を認められる、虚構としてのもので、もちろん十分である。「文学」の「消費」のされ方は、「消費」する人によって様々である。純粋な研究の次元では、読者の側の知識が問われ、鑑賞の次元では、経験を意味づけ反省的に整理した知的体験―情緒と言うべきものが問われるであろう。現代に生きる私たちは、例えば、明治文学に対して同一の社会集団に属する、「公衆」としての資格をすでに半ば喪失している。そのような状況の中でも、「文学」とされたきたものの中には、時代を超えて共感を与え続けるものがある。長い時間をかけて、「文学」として「消費」され続ける文章は、その内容が示す意味であったり、そこに漂う情緒であったり、何らかの普遍的な要素を獲得し続けていることになる。古典としての地位を把持するに到るまでの、このような時間を費やしての洗練の過程が、〈「文学」の価値〉を保証するものであると考えることができるのではないかと思われる。

注

（1）飯田祐子「これからについて」（「日本近代文学」第六十四集〔二〇〇一年五月一五日　日本近代文学会〕）一五七頁。
（2）注1前掲誌。
（3）具体的には、山﨑國紀「学会の歴史の中で」、石井和夫「「研究と批評の接点」以後」、石原千秋「「研究と批評」再び」である。（ただし、掲載順。）山﨑は、「日本近代文学会の歴史を想起するとき、あの昭和五十一年五月に行われたシンポジュームを忘れている人はいないであろう。」（一〇二頁）と述べ、石井は、「今から振り返ると、このシンポジウムが学会の節目になったように思える。」（一一六頁）と位置づける。
（4）一九七六年一〇月、日本近代文学会。
（5）一九七一年六月、角川書店。
（6）一九八六年六月、學燈社。
（7）注4前掲誌。
（8）一九七一年一〇月、白水社、一一七頁。

（9）ここで言われる文学の「消費」という観点を、日本近代文学研究の世界に本格的に導入したのは、前田愛であろう。前田は、「読者論小史―国民文学論まで―」（『前田愛著作集第二巻近代読者の成立』〔一九八九年五月　筑摩書房〕）において、日本でまともに読者論を取り上げる契機として、片上伸の「作者と読者」、「文学の読者の問題」を挙げる。その上で、片上の二論は、前年発表された青野季吉の「外在批評論」を継承して、久米正雄と中村武羅夫との間でなされた、本格小説、心境小説の論争を読者論の文脈から受け止めた論であると位置づけている。次の段階として、終戦後の「思想の科学」グループの大衆文学研究を位置づける。それに対して自ら、「読者の研究は文学研究者と社会科学者の相互乗り入れを必要とする境界領域であるにちがいない。とすれば桑原や「思想の科学」グループの読者論を、『文学論』ないしは文学研究のコンテクストの中に組み込むプログラムが当然考えられていいわけであるが、読者論的発想を異端視してきた文学研究者の側にはそのような用意が欠けていた。」（前掲論文二四五頁）と指摘する。

（10）『ガリヴァー旅行記』、『続ガリヴァー旅行記』（一九六八年四月　岩波書店。ただしともに岩波少年文庫として。）。

（11）『文学論』は明治四十年五月七日に大倉書店から刊行される。ただし、引用は『漱石全集』第十四巻（一九九五年八月　岩波書店）に依拠する。以下、漱石の手になる文章の引用は全て、この版の『漱石全集』（一九九四年一月から一九九九年三月　岩波書店）によるものとする。

（12）漱石は『文学論』の冒頭に次のように記す。

凡そ文学的内容の形式は（F＋f）なることを要す。Fは焦点的印象又は観念を意味し、fはこれに付着する情緒を意味す。されば上述の公式は印象又は観念の二方面即ち認識的要素（F）と情緒的要素（f）との結合を示したるものと云ひ得べし。（「第一編　文学的内容の分類　第一章　文学的内容の形式」二七頁）

この冒頭部分をうけて「第三章　fに伴ふ幻惑」においては、文学の必須要素としての「f」の性質を、二つに大別する。直接経験における「f」と、間接経験における「f」である。直接経験における「f」は「人事界又は天然界」にあっての経験におけるものであり、間接経験における「f」は「記憶想像のFに伴ふて生ずるf」、あるいは「記述叙景の詩文に対して起すf」であると説明している。その上で、直接経験と間接経験との間では、「f」

が強弱と性質において異なると述べている。そしてその差異があるために、文学上などの間接経験において、現実上の直接経験においては留意するにたえないような不快感を催す事態も、かえって快感をもって歓迎することがあると説明している。

(13)『文学論』の「第三章　fに伴ふ幻惑」（一四八頁）においては、作者が与えられた材料をいかに表現するかということを「表出の方法」とし、作家の手によって与えられたものを、読者が賞美する―直接経験が間接経験に一変する瞬間における「f」の強弱と性質の変化、これを「読者の幻惑」と説明している。漱石によると、作家は「文学的内容に対する態度」（一四九頁）、すなわち「作家の世界観、人生観の如き重要問題」（同）において、「一種の幻惑を吾人に与ふる」（同）ものであるという。そして、あるときは、「吾人は作家の表出法に眩惑せられて善悪の標準を顚倒し、同情すべからざる人物に同情し、或は此同情を一方にのみ寄せて全然他の一方を閑却し去ることあり。」（一八三頁）としている。読むという行為において、読者は作家の「表出の方法」をもって書かれた文章を読んで、「情緒の復起」をするのであるが、その間接経験において、読者がどの情緒を復起するかは、「作家の技倆と読者の傾向に由りて決せらるゝ」（一八〇頁）と説明している。

(14)　二〇〇二年一〇月、翰林書房、七頁。

II

第一章　『明暗』における「技巧」（一）
——津田とお延をめぐって——

一

夏目漱石の絶筆である『明暗』（大正五年五月二十六日から十二月十四日まで「東京朝日新聞」、同日から十二月二十六日まで「大阪朝日新聞」に連載。）は、結婚してほぼ半年を経た夫婦である津田とお延を軸に、結婚後年月を経た熟年の夫婦である藤井、岡本、吉川夫婦、津田夫婦とほぼ同年代の、津田の妹のお秀と堀の夫婦、津田の元の恋人の清子と関の夫婦、そしてこれから結婚して夫婦になろうとする、小林の妹のお金とその夫となる男、さらにお延の従妹の継子と見合い相手の三好、という具合に、いくつかの夫婦あるいは男女をその周辺に配置した作品である。このように、言うなれば結婚をめぐっての男女の関係を扱った小説である『明暗』の中で、津田とお延夫婦の共通性に注目したものは、小宮豊隆「『明暗』」[1]の「私（傍点小宮―中村注）の塊《かたまり》としての人間」として津田夫婦を指弾する見方に始まる。近年のものでも、松元寛「『明暗』の世界―自閉する自我からの脱出―」[2]に、「お延という女性は何から何まで、夫の津田と瓜二つの存在であるように思われてくる」という言及が見出せる。最近のものでも、出原隆俊「「明暗」論の出発」[3]では、エゴという意味での津田夫婦の共通性に注目し、「「明暗」

が夫婦の異質性を示さないということが際立って特徴的ということになろう。」と述べられている。逆に津田とお延の違いに注目したものとしては、三浦泰生「『明暗』についての一つの考察」[4]に、「二人のエゴのあり方の根本的な相違」が指摘されている。

二

津田は、岡本の叔父の「『あの男は日本中の女がみんな自分に惚れなくつちやならないやうな顔付をしてゐるぢやないか』」（六十二）という批評に象徴されるように、「虚栄心」の強い男として描出されている。津田はときどき吉川家の門を潜るが、「それは礼儀の為でもあつた。義理の為でもあつた。又利害の為でもあつた。最後には単なる虚栄心のためでもあつた。」（九）とされるように、吉川との関係を心の内で誇りにしながらも、そのことに自らは気付いていない。その津田の心理は、「物をなるべく奥の方へ押し隠しながら、其押し隠してゐる所を、却つて他に見せたがるのと同じやうな心理作用の下《もと》に、彼は今吉川の玄関に立つた。さうして彼自身は飽く迄も用事のためにわざく此所へ来たものと自分を解釈してゐた。」（九）と、語り手によって皮肉に分析されている。また妻であるお延に対しても、入院を前に苦境に立たされたにも拘わらず、津田は結婚以来取り繕ってきた苦しい経済状況を打ち明けることができない。それは彼の「虚栄心」のためであったが、その「虚栄心」の内実は、「お延に気の毒だからといふ意味よりも、細君の前で自分の器量を下げなければならないといふのが彼の大きな苦痛になつた」（九十七）という自己中心的なものであった。すなわち、津田の関心事はお延の「自分に対する信用」（九十七）であり、「器量」であり、それを保つことが彼の「虚栄心」であった。妹のお秀に対しても、「自尊心」（百）のために、「精神的にも形式的にも此妹に頭を下げたくなかつた。」（百）という津田の姿が描出されている。津田の自覚においても、彼は「嘘吐な自分を肯がふ男」（百十五）であり、「同時に他人の嘘をも根本的に認定する男であつた。それでゐて少しも厭世的にならない男であつた。」（百十五）とされている。

津田の妻であり、作中重要な位置を占めるお延[5]は、利口で機をみるに敏な人物として設定されている。そのことは、特にその登場の場面において効果的に示されている。自宅の門前で津田の帰りを待ち、津田にすれば、明らかに自分の帰りに気づいていたと見える彼女は、津田の声を聞くと、「「ああ吃驚した。」」と驚いてみせる。その上で、「自分の有つてゐるあらゆる眼の輝きを集めて一度に夫の上に注ぎ掛けた」（三）とされている。そして気づかなかったのを、向かいの家の二階の雀を見ていたからであると夫に告げる。津田には雀らしいものの影は見えない。このあとも、ステッキを受け取り、先に風呂に行くようすすめ、津田に煩わしく思わせる程に、細やかに夫に気遣いする新妻の姿が周到に描出されている。その他の場面においても、彼女の特徴は鮮やかに示されている。例えば、継子の見合い相手の目利きをさせる際の、岡本の叔父の「「お前には一寸千里眼らしい所があるよ」」（六十四）という言葉や、津田とお秀の口論の絶頂に達した間合いを襖の向こうで見計らって、自ら兄妹喧嘩の緩和剤として、病室に割って入る場面である。彼女は兄妹仲のあまりしっくりいかないことと、その原因が自分にあることを知っていて、「際どい刹那に覚悟を極め」（百三）て、「わざと静かに病室の襖を開けた。」（百三）とされている。その行為はお延自らも自信を持っている一種の「手際」（百三）に裏打ちされたものであった。このようなお延の特徴が、岡本や吉川夫人、小林、お秀など、周囲の目を惹く様子も同時に書き記されている。お延自身ももちろん、自分の観察眼が優れていることに自覚的であり、その力を人間関係において利用することに、十分意識的である。

三

単純に、意のまま自然のままに行動するのではなく、人間関係において的確に状況を判断し、嘘や虚偽、策を弄する、言うべきことを言わないことなども含めて、ある目的のために作為的な言動をすることを、お延の自己批評から言葉を借りて、「技巧」（五十三）を用いる、と表現することができると思われる。津田もお延と同様に、「技巧」を用いる人間であり、先に述べたような彼等の特徴を総じて「技巧」的なあり方として扱うことができると思われる。『明暗』が人間関係における「技巧」について書くことを一つの目的としているということは、加藤二郎「『明暗』論―津田と清子―」(6)に、すでに指摘されている。人間関係の中でも特に、一対一の夫婦関係における「技巧」ということが『明暗』においては大きな問題となると考えられる。そもそも、津田はお延に対して父の経済を実際以上に見せようとしているし、お延はお延で岡本に対して実際よりも楽な身分をよそおっていて自分の目が利かなかったと思っていることを岡本夫婦に知られたくないという、お延の「虚栄心」も書き表されている。他にも、吉川との関係を社会的に有利なものとして誇示したい津田の「虚栄心」や、結婚相手を選ぶに際している。日常の生活においても、お延は津田に対して「親切」を尽くしていると自認しているが、それは、「自分の有つてゐるあらゆる眼の輝きを集めて一度に夫の上に注ぎ掛け」（三）て夫の帰宅を出迎えることであったり、細々と身の回りの世話をやくことであったり、あるときは不意打ちを食らわせて、気を惹くことであったりするものである。そしてそのことで自分を愛させるようにし向けることができると信じている。津田とお延のそのようなあり方は、偽りを含むものとして、他の登場人物から批判的にみられる場合も示されている。吉川夫人や小林からは、津田のお延に対する扱いは、大事にしているふりをしているのであって、実際はそうではないとみられている（百十八、百三十五）。お延に対しては、津田にとってよい妻とみなされていないという評価があり、その中でも吉川夫人の見方はとうてい好意的なものとは言えない。吉川夫人はお延について、「「まあ老成よ。本当に怜悧《りこう》な方ね、あんな怜悧《りこう》な方は滅多に見た事がない。大事にして御上げなさいよ」」（十一）と津田に告げるが、その言葉は、「細君の語勢からいふと、「大事にしてやれ」といふ代りに、「能く気を付けろ」と云つても大した変りはなかつた。」（十一）と、津田の耳には響くものであった。小林からみたお延も、吉川夫人の見方に近いものである。津田が結婚してから変わったと言われて、とぼけるお延に対して、小林は、「「然し奥さんはさういふ旨いお手際を有つてゐられるんですね。漸く解つた。それで津田君があゝ変化して来るんですね、何《ど》うも不思議だと思つたら」」（八十三）と揶揄する。小林はお延の「お手際」（八十三）に驚いて見せ、さらに、藤井家でも驚いているとお延に告げる。「何を」（八十三）と問い返すお延に、小林は、「「あなたのお手際にです。津田君を手のうちに丸め込んで自由にするあなたの霊妙なお手際にです」」（八十三）と答える。お延はあたかも夫を意の如くに操るかのように冷評されている。

お延は、病院に来てはいけないという不可解な夫の手紙から生じた疑いを晴らすために、入院中の津田に詰め寄る。その時のお延の「目的」は夫に勝つことではなくて、自分の疑いを晴らすことであり、そのことは「津田の愛を対象に置く彼女の生存上、絶対に必要であつた。」（百四十七）というほど、彼女には重い意味を持つ。

彼女は前後の関係から、思量分別の許す限り、全身を挙げて其所へ拘泥《こだわ》らなければならなかつた。それが彼女の自然であつた。然し不幸な事に、自然全体は彼女よりも大きかつた。彼女の遥か上にも続いてゐた。

公平な光りを放つて、可憐な彼女を殺さうとしてさへ憚からなかつた。

彼女が一口拘泥るたびに、津田は一足彼女から退ぞいた。二口拘泥れば、二足退いた。拘泥るごとに、津田と彼女の距離はだん〳〵増して行つた。大きな自然は、彼女の小さい自然から出た行為を、遠慮なく蹂躙した。一歩ごとに彼女の目的を破壊して悔いなかつた。（百四十七）

お延は「技巧」的な人物として設定され、そのことによって、吉川夫人や小林から、警戒され、良妻とは認められていない。しかし、自らの心の内の疑いを晴らし、夫の愛を確認することに懸命であるお延に対して、この作の作者は明らかに同情的である。蹂躙される「彼女の小さい自然」への憐憫がここには示されている。作者によるお延への評価としては、「技巧」的なあり方を、邪悪で否定されて当然のものという単純な価値観では、はかられていないのである。

お延は、京都に住む実の父母に対して夫婦仲良く万事うまくいっているように手紙を書く。それは事実を伝えているとは言いがたいものである。それなのに、お延はあえて自分の手紙に書いてあることを、「上部《うはかは》の事実以上の真相」（七十八）であると断言する。


「この手紙に書いてある事は、何処から何処迄本当です。嘘や、気休や、誇張は、一字もありません。もしそれを疑ふ人があるなら、私は其人を憎みます、軽蔑します、唾を吐き掛けます。其人よりも私の方が真相を知つてゐるからです。私は上部《うはかは》の事実以上の真相を此所に書いてゐます。それは今私に丈解つてゐる真相なのです。然し未来では誰にでも解らなければならない真相なのです。私は決してあなた方を欺むいては居りません。私があなた方を安心させるために、わざと欺騙《あざむき》の手紙を書いたのだといふものがあつたなら、その人は眼の明いた盲人《めくら》です。其人こそ嘘吐です。どうぞ此手紙を上げる私を信用して下さい。神様は既に信用してゐらつしやるのですから」

お延は封書を枕元へ置いて寐た。（七十八）

お延の手紙は明らかに事実とは齟齬があり、一般的な意味では虚偽を含んでいると言うべきものである。しかし、ここでのお延には実の父母を偽るという罪悪感は全くない。彼女にとっては手紙に書いたことは紛れもない真実であった。虚偽を含んだ「技巧」的な行為が、お延がその手紙を書いた後に心の中で語るように、「上辺の事実以上の真相」（七十八）とみなされている。そこには、表面に表れた虚偽性を容認するに足る、ある価値が行為の根底に見据えられていると考えられる。

四

すでにみたように、津田とお延はともに虚栄心が強く、人並み以上に嘘や虚偽などの「技巧」を用いる人物として設定されている。彼等はともに他の登場人物の批判にさらされているけれども、作者による評価には微妙に違いがある。津田は批判だけにとどまらず、後には「戒飭」（百六十七）されることすら予兆として示され、お延は同情をもって「可憐」（百四十七）と評されている。ともに「技巧」的な人物として設定されていながら、お延に対してだけ向けられた作者の同情は、例えば『虞美人草』における藤尾の場合のように、お延の「技巧」

的な性格の裏に、何か欠陥が潜んでいて、後にそれを暴かれる、という筋を予期していた読者にとっては、当てがはずれたような気持ちを味合わせたに違いない。『明暗』の一読者として、漱石に「非難」（大正五年七月十八日付け、大石泰藏宛て漱石書簡）の書簡を送った大石泰藏という人物もその一人である。大石は漱石に対して、なぜ主人公を津田からお延に変えたのか、と「非難」をする。それに対して漱石は大石に宛てた返信で、お延の「技巧」に関わって、次のように懇切丁寧に説明している。(7)

まだ結末迄行きませんから詳しい事は申し上げられませんが、私は明暗（昨今御覧になる範囲内に於て）で、他から見れば疑はれるべき女の裏面には、必ずしも疑ふべきしかく大袈沙な小説的の欠陥が含まれてゐるとは限らないといふ事を証明した積でゐるのです。それならば最初から朧気に読者に暗示されつゝある女主人公の態度を君は何う解決するかといふ質問になり〔ま〕せう。然しそれは私が却つてあなたに掛けて見たい問に外ならんのであります。あなたは此女（ことに彼女の技巧）を何う解釈なさいますか。天性か、修養か、又其目的は何処にあるか、人を殺すためか、人を活かすためか、或は技巧其物に興味を有つてゐて、結果は眼中にないのか、凡てそれ等の問題を私は自分で読者に解せられるように段を逐ふて叙事的に説明して居る積と己惚れてゐるのです。

斯ういふ女の裏面には驚ろくべき魂胆が潜んでゐるに違ないといふのがあなたの予期で、さう云ふ女の裏面には必ずしもあなた方の考へられるやうな魂胆ばかりは潜んでゐない、もつとデリケートな色々な意味からしても矢張り同じ結果が出得るものだといふのが私の主張になります。（大正五年七月十九日）

ここには、お延を「技巧」にたけた女性として描出しようとする作者の意図が、一読者である大石に向けて、はっきりと示され、その「技巧」にも色々な種類があり、中でもお延の「技巧」は、大石の考えるような「魂胆」を含まない、「もつとデリケートな」ものに由来するということが説明されている。「天性か、修養か、又其目的は何処にあるか、人を殺すためか、人を活かすためか、或は技巧其物に興味を有つてゐて、結果は眼中にないのか」、大石宛ての書簡において「技巧」の「解釈」として、これらが例に挙げられている。津田の「技巧」の「目的」は、自分の「虚栄心」を満足させたり、自分にかかわることを真実以上に見せるための「技巧」であり、「人を殺す」、すなわち、犠牲にすることによって、自分を活かすものであると考えられる。一方すでにみたように、お延の「技巧」の「目的」は津田の愛を自分に振り向けることであったり、親を安心させることであったりと、自分を抑えて「人を活かす」ものであった。先にみたような、お延と津田の「技巧」に対する作者の評価の違いは、彼等の「技巧」の「目的」の違いに依拠しているものである。そのことは、表面に表れた行為を評価するに際して、その根拠となった意識に遡及して判断するということである。

津田とお延は、虚栄心が強く、対人関係において「技巧」を用いることでは共通している。ただし、「技巧」を用いる「目的」は津田においてとお延においてでは、明らかに違いがある。津田は、経済学の本すら、自身に内面の豊かさを付け加えるためでなく、「一種の自信力」（五）、あるいは「粧飾」（五）のために読む。彼は友人である小林を軽蔑しきっていながら、彼の様子が「癇走《かんぱし》つて」（三十七）くると、「急に穏やかな調子を使ふ必要を感じ」（三十七）、「「君を愉快にするために」」（三十七）と言って送別会を提案する。その送別会の場でも、小林が津田との問答の末に涙を流すと、「相手を利用するのは今だといふ事に気が付いた。」（百六十一）として、自分の思い通りに会話を運ぼうとする。お延に対しても、会話の途中で興奮したお延を前に、彼女の気に入りそうな言葉を並べ、慰めるが、その津田は、「沈着な態度を外部側《そとがは》に有つてゐる彼は、又臨機に自分を相手なりに順応させて行く巧者《こうしや》も心得てゐた。」（百五十）と評される。お延が夫のために「「何時か一度此お肚の中に有つてる勇気を、外へ出さなくつちやならない日が来るに違ない」」（百五十四）と、日頃心に秘めていたことを真剣な様子で打ち明けたときすら、津田は言を左右にしてまともに相手になろうとはしない。お秀が兄夫婦としての津田とお延の自己中心性を烈しく糾弾したときも、津田はそれを「自分の特色と認める上に、一般人間の特色とも認めて疑はなかつた」（百九）と、冷淡な受け止め方をする。「彼はたゞ行つたのである。だから少し深く入り込むと、自分で自分の立場が分らなくなる丈であつた。」（百十五）とされるように、津田は限られたものとしての自分の人生をよりよいものとする努力をしないばかりか、省みて自らを裁くこともしない。だから「少しも厭世的にならない」（百十五）のである。彼の甘さは、ものごとに対して、一時の間に合わせであったり、その場しのぎであったりという惰性的な対応を生む。一方のお延の「目的」は大石の言う「魂胆」よりも「もつとデリケートな」ものとして、作者に認識されている。この認識から、二人の「技巧」の「目的」の違いが、お延が作者によって同情を受けている所以であると考えることができる。夫の愛情を勝ち取るという「目的」は彼女の生存にとって、不可欠のものであり、自分の人生をよりよいものとするために、何が必要かを考えた結果、目指されたものである。(8) したがってそれを実行にうつすお延の態度は懸命である。その懸命さは、結婚について、是非とも相手を愛し、愛させるのだという決意を継子を相手に説く場面（七十二）に、はっきりと表れている。お延は独り言のように、「「誰だつて左右《さう》よ。たとひ今其人が幸福でないにした所で、其人の料簡一つで、未来は幸福になれるのよ。屹度なれるのよ。屹度なつて見せるのよ。」」（七十二）と、自らに言い聞かせるかのように強い意志を語る。同じくお延の懸命さは、先に引用した津田の隠しごとを白状させようとする場面でも表れている。

あくまでも彼女にとって「一義の位」[9]（百四十七）を持っていたのは夫に勝つという「勝負」（百四十七）ではなく、「真実相」（百四十七）であった。彼女には、「夫に勝つよりも、自分の疑を晴らすのが主眼であった。さうして其疑ひを晴らすのは、津田の愛を対象に置く彼女の生存上、絶対に必要であった。」（百四十七）からである。同様に、お秀に対して「完全の愛」（百三十）、「本式の愛情」（百三十）を説いて、「「あたしは何《ど》うしても絶対に愛されて見たいの。比較なんか始めから嫌ひなんだから」」（百三十）と語る場面にも表れている。津田の愛を勝ち取ることこそがお延の「一義」であり、お延という女性は「一義」のことにおいて、決して妥協はしない意志の強さを備えている。その姿勢が彼女の人生に対する真摯さとして表れており、その結果、津田にみられるような姑息さは、お延には見出せない。お延は自分の人生の「一義」をかけて一筋に進むからである。勝ち気と策略とに拘わらず、作者に可愛がられている[10]ゆえんである。人間関係における「技巧」は全的に肯定されるものでは決してない。ただしその「目的」の内容によっては、根本的罪性を認められず、批判を免れている。

もちろん、津田のあり方を越智治雄「明暗のかなた」[11]のように、「現実の生活の中で彼はごく平凡にしかし一応なめらかに生きている」、いわば人並みの大人という評価で片づけることもできるし、菅野昭正「「明暗」考」[12]の指摘するように、「明治末年から大正初年にかけての新しい時代の、ありふれた青年」という言葉で了解することもできる。しかし、たとえそのようにみなしたとしても、依然として、この作品の作者が津田に対して厳しい目を注いでいて、お延に対して好意的であるということは否定できない。そして津田には「戒飭」（百六十七）が暗示されている。「技巧」的であるという表面的なあり方は共通しているところがあっても、その根底にある目的意識、ひいては人生に向きあう態度において、津田とお延の二人の違いははっきりと示されていると言うことができる。

五

津田に対する批判は、「技巧」の根っことなっている自意識のあり方に矛先が向けられている。そのことは、藤井の叔母の「「由雄さんは一体贅沢過ぎるよ」」（二十七）という非難に象徴されている。叔母の非難は次のような具体的な説明を伴ったものである。「「服装や食物ばかりぢやないのよ。心が派出で贅沢に出来上つてるんだから困るつていふのよ。始終御馳走はないか〳〵つて、きよろ〳〵其所いらを見廻してる人見た様で」」（二十七）この叔母による批判が、小林によってなされる「「仕舞には、あれも厭、是も厭だらう。或は是でなくつちや不可《いけな》い、彼《あれ》でなくつちや不可いだらう。窮屈千万ぢやないか」」（百五十九）という批判と正確に呼応している。その批判は津田の鑑賞力[13]あってのものであって、それを現実の場で通そうとする態度に向けられていると言うことができる。小林は、彼なりの方法で、津田に感化を与えようと試みる。津田が小林の示した見知らぬ青年の書簡を読んで、一時放心する場面である。津田は無心で書簡を読み、読み終わってからしばらく、巻煙草の存在を忘れ、一寸近くの灰を罫紙に落してしまう。

その空虚な時間は果たして何の為に起つたのだらう。元来をいふと、此手紙ほど津田に縁の遠いものはなかつた。――（中略）――

然し彼の感想は其所で尽きる訳に行かなかつた。彼は何処かでおやと思つた。今迄前の方ばかり眺めて、此所に世の中があるのだと極めて掛つた彼は、急に後を振り返らせられた。さうして自分と反対な存在を注視すべく立ち留まつた。するとあ、あ、是も人間だといふ心持が、今日迄まだ会つた事もない幽霊のやうなものを見詰めてゐるうちに起つた。極めて縁の遠いものは却つて縁の近いものだつたといふ事実が彼の眼前に現はれた。（百六十五）

津田はこの書簡を書いた青年と自分が同じ人間であるという気持ちを抱く。「「同情心はいくらか起るだらう」」（百六十五）と問いかける小林に対して、津田は「「そりや起こるに極つてるぢやないか」」（百六十五）と答える。それを承けて小林は「「それで沢山なんだ、僕の方は。同情心が起るといふのは詰り金が遣りたいといふ意味なんだから。」」（百六十五）と答える。その上で、「「それでゐて実際は金が遣りたくないんだから、其所に良心の闘ひから来る不安が起るんだ。僕の目的はそれでもう充分達せられてゐるんだ」」（百六十五）とうそぶく。たしかに、津田に同情心を起こさせ、不安にさせるということが小林の目的であるのなら、津田が先に引用した「あ、あ、是も人間だといふ心持」を味わったことで、充分目的は達せられていたことになる。ただし小林が津田に与えた感化は、小林に言わせれば、その後「「小林に啓発されるよりも、事実其物に戒飭される方が、遥かに覿面で切実で可《い》いだらう」」（百六十七）と予言する事態の前段階にすぎないものである。

小林は、津田の設定したフランス料理屋でも、来店していた女性客を見て、「「事実当世に所謂レデーなるものと芸者との間に、それ程区別があるのかね」」（百五十六）と皮肉る。料理についても、「「一体今の僕にや、仏蘭西《フランス》料理だから旨いの、英吉利《イギリス》料理だから不味《まづ》いのつて、そんな通を振り廻す余裕なんか丸でないんだ。たゞ口へ入るから旨い丈の事なんだ」」（百五十六）と津田を嫌がらせる。小林の弁舌はそこで終わりにならない。小林は「結論」（百五十九）として、「味覚の上」（百五十九）においても、「夫人を識別する上」（百五十九）においても結果は同じで、「「鑑識があればある程、其男の苦痛は増して来る」」（百五十九）と説明する。その上で、自分は津田よりも「自由な境遇に立つてゐる」（百五十九）と断言する。さらに、津田に絵を買えと勧めるに際して、趣味がないと断る津田に、「「嘘を云うな。君ぐらい鑑賞力の豊富な男は実際世間に少ないんだ」」（百六十二）と強いる。そして、「「事実を云ふんだ、馬鹿にするものか。君のやうに女を鑑賞する能力の発達したものが、芸術を粗末にする訳がないんだ。」」（百六十二）とその理由を説明する。この「鑑賞力」こそが、藤井の叔母をして、「「贅沢過ぎる」」（二十七）と津田を非難させる点であった。小林はこの点において、津田を啓発しようとする。すなわち、津田に、境遇やその人の持つ状況が違っても、同じ人間であるということへの気付きを促している。小林が津田に与えつつある感化は、津田の意識の中で絶対的なものとして寄り掛かる鑑賞力が、ある観点からすれば、一面的なものにすぎないということへの気付きの兆しにほかならないものである。

どの料理がおいしくて、どの絵が美しくて、どの女性が好ましくてという生活場裏での判断の基準を、一方で無化するような視座が『明暗』には存在する。その視座からは、ある本質的な価値が、表面的な価値の根底に見据えられている。それは、全く違うと思っていた人がやはり自分と同じ人間であったり、フランス料理だからうまいと思っているものが、空腹を満たす意味では他の料理と同じであったり、というものである。そして同時にその視座の存在こそが、先に述べたように、「上辺の事実以上の真相」（七十八）として、お延に実父母への書簡における自らの虚偽性を容認させる所以となるものであると思われる。『明暗』において、津田とお延の「目的」の違いというものが、本質的な価値として重視されていたからである。そこでは、行為をなす意志や「目的」とははっきりと示され、その上で、津田の人物像は批判され、「戒飭」（百六十七）を暗示されている。お延の人物像は作者に同情を受けている。夫の愛を得るというお延の「目的」は、他に誰をも頼ることのできない彼女にとって、生きるための「一義」であり、そのことへの前向きさは漱石作品にみられる「真面目」[14]の系譜を受け継いでいるものである。『文芸の哲学的基礎』において、「文士の文」は、世間から呈出された「如何にして生存するが尤もよきかの問題に対して与へたる答案」〔第二十一回技巧論（二）〕であると述べている作者は、『明暗』で津田とお延の二人の対比を用いて、自分なりの答案を読者に示しているのである。

『明暗』執筆を前にした大正四年の漱石の「断片」に、次のようなメモ書きが見られる。

技巧ハ己ヲ偽ル者ニアラズ、己ヲ飾ルモノニアラズ、人ヲ欺クモノニアラズ。己レヲ遺憾ナク人ニ示ス道具ナリ。人格即技巧ナリ（大正四年「断片」）

「人格」と言われるもの、すなわちその人間が他人から判断してどのように見えるかという結果には、その人間に生まれつき内在する性質だけでなく、他人に対してどのように己を示したいかという、本人の意志が作用するということになる。『明暗』においては、登場人物の意志が個々の行動の中に、これまでに検証してきたような「技巧」の「目的」として表されていた。言い換えれば、現実場裏では、「目的」が「技巧」という形をとって現象的に表れ、その総体が他人から、その人の「人格」とみなされるということである。『明暗』の作者のこのメモ書きからは、このような「技巧」についての考えが読み取れるのではないかと思われる。『明暗』において作者が、人間関係における「技巧」という主題を扱い、その動機となるところの「目的」によって、津田とお延の褒貶を書き分けた背後には、「技巧」についてのこのような考えが存在していたと見なすことができると思われる。

注

（1）『夏目漱石』（一九三八年七月　岩波書店）、ただし、引用は一九八七年二月発行の岩波文庫版、二九〇頁による。

（2）『夏目漱石―現代人の原像』（一九八六年六月　新地書房）二四六頁。

（3）「国語国文」第七十二巻第三号（二〇〇三年三月　京都大学文学部国語学国文学研究室）八五八頁。

（4）「日本文学」第一九巻第五号（一九七〇年五月　日本文学協会）四一頁。ただし、後に『近代文学についての私的覚え書き―作家たちのさまざまな生き方をめぐって―』（一九八三年一二月　近代文藝社）に収録。さらに三浦の同論文、四二頁に次のようにある。引用は初出による。

　津田のエゴがすべての他との人間関係を排除するところに生まれるものであるのに対して、お延のエゴは、逆に、他との人間関係、それも唯一絶対の人間関係―愛を余りに烈しく求めすぎるところに生まれる。津田のエゴの非人間性（傍点は三浦による。―中村注）に対して、お延のエゴの特色は、その異常なまでの人間性（同前）にある。

（5）お延についての言説では、利己的な面に注目し我の女として否定的にみる小宮（注1前掲論文）が嚆矢となってきた。その後逆に肯定的にみる言説は、江藤淳「『道草』と『明暗』」（一九六五年七月九日読売ホールにて講演、同年一二月『日本の近代文学』〈読売新聞社〉所載。ただし引用は『江藤淳著作集1』〈一九六七年七月　講談社〉による。）が早いものとしてある。その中で江藤はお延について、「このお延という女性はまことに魅力的に描かれています。大正五年の会社員の若奥さんとは思われないくらい頭がよい。」と述べ、「知的な小説とは作中人物が充分知的に、知力をつくして生きているような小説であります。そう言う意味では「明暗」という小説は日本の近代小説中類がないくらい知的な小説だといってよい。」（一九四頁）と評価している。また重松泰雄「夏目漱石「明暗」のお延」（「國文學　解釈と教材の研究三月臨時増刊号」第二十五巻第四号臨時号〈一九八〇年三月　學燈社〉）

は、お延を「確実に時代の息吹きを呼吸しつつ、しかも一つの時代を超え得た永遠の女性（傍点重松─中村注）の姿があるとも言えなくはあるまい。」（七一頁）と位置づけ、作者によるお延の扱いについて、「漱石は「明暗」で、まさにそのような大正初期の新しく且つ古いひとりの女の一途な生きざまを、醇《あつ》い優しさをもって見据えようとしている。」（同前）と述べている。さらに、大岡昇平「『明暗』の結末について」（『小説家夏目漱石』（一九八八年五月　筑摩書房））は、「私はお延はその勝ち気と策略にも拘らず、作者に愛されている人物で、死ぬようには思われないのです。」（四一八頁）とする。玉井敬之「漱石の展開『明暗』をめぐって」（『日本文学講座第六巻　近代小説』（一九八八年六月　大修館書店））は、作中でのお延の位置について、彼女の「猛烈さ」（百三）に着目し、「この「猛烈さ」によってお延は『明暗』で津田とほぼ同等の位置に、時にはそれ以上の重みを獲得したといえるだろう。」（一二四頁）としている。

（6）「文学」第五十六巻第四号（一九八八年四月　岩波書店）。ただし、後に、『漱石と禅』（一九九九年一〇月　翰林書房）に収録。

（7）大石泰蔵については、山田昭夫に、「追跡・大石泰蔵　「明暗」の自注書簡受信者」（「北海道新聞」一九九〇年一二月七日夕刊）、「札幌農学校学生・大石泰蔵の肖像─夏目漱石と有島武郎の周辺─」[補注三]（「藤女子大学国文学雑誌」第五十号（一九九三年三月　藤女子大学藤女子短期大学国文学会））がある。特に後者は詳細で周到である。同論によると、大石は有島武郎に師事した文学好きの青年であり、その関係は並の師弟を超える親密なもので、有島の文学活動に直接関わっていた人物であるという。

（8）『こゝろ』では、先生は学生である私に、「「貴方は死といふ事実をまだ真面目に考へた事がありませんね」」（上　先生と私　五）とその不真面目さを咎める。その後の交際を経て、私は先生に過去を語ってくれるように懇願し、その大胆さを咎められると、「「たゞ真面目なんです。真面目に人生から教訓を受けたいのです」」（上　先生と私　三十二）と答える。『こゝろ』に示されているような「真面目」さは、『明暗』でも追求されていると思われる。

（9）「一義」の語は、『虞美人草』においてすでに、次のように示されている。

「人間の分子も、第一義が活動すると善いが、どうも普通は第十義位が無暗に活動するから厭になつちまう」

「御互は第何義位だらう」

「御互になると、是でも人間が上等だから、第二義、第三義以下には出ないね」〔五の三〕

(10) 大岡昇平「『明暗』の結末について」(五〇頁注5前掲論文)四二九頁に、「お延は作者によって可愛がられている人物ですから」とある。

(11) 『漱石私論』(二九頁注5前掲書)三五一頁。

(12) 「國文學　解釈と教材の研究」第三十一巻第三号(一九八六年三月　學燈社)七九頁。

(13) 小林に揶揄され、藤井の叔母に非難される津田の「鑑賞力」と同様のものとして、『行人』の一郎の、「鋭敏」さが挙げられる。

兄さんは鋭敏な人です。美的にも倫理的にも、智的にも鋭敏過ぎて、つまり自分を苦しめに生れて来たやうな結果に陥つてゐます。兄さんには甲でも乙でも構はないといふ鈍な所がありません。必ず甲か乙かの何方《どつち》かでなくては承知出来ないのです。しかも其甲なら甲の形なり程度なり色合なりが、ぴたりと兄さんの思ふ坪に嵌らなければ肯がはないのです。兄さんは自分が鋭敏な丈に、自分の斯うと思つた針金の様に際どい線の上を渡つて生活の歩を進めて行きます。其代り相手も同じ際どい針金の上を、踏み外さずに進んで来て呉れなければ我慢しないのです。然し是が兄さんの我儘から来ると思ふと間違ひです。兄さんの予期通りに兄さんに向つて働き懸ける世の中を想像して見ると、それは今の世の中より遥に進んだものでなければなりません。従つて兄さんは美的にも智的にも乃至倫理的にも自分程進んでゐない世の中を忌むのです。だから唯の我儘とは違ふでせう。(「塵労」三十八)

(14) 五一頁注8参照。

第二章　『明暗』における「技巧」（二）

――分類と概観――

一

第一章において、『明暗』における人間関係上の「技巧」を考察するにあたり、「単純に意のまま自然のままに行動するのではなく、人間関係において的確に状況を判断し、嘘や虚偽、策を弄する、言うべきことを言わないことなども含めて、ある目的のために作為的な言動をすること」と、それについての一応の定義をしておいた。その稿で引用した、『明暗』を読むに際しての自注ともみなせる大石泰藏宛ての書簡（大正五年七月十八日付け）には、お延を「技巧」にたけた女性として描出しようとする作者の意図が、一読者である大石に向けて、はっきりと示されている。このような作者の意志を確認した上で、『明暗』という作品全体を振り返ってみると、人間関係における「技巧」という問題意識は、この書簡で言及されているお延に関わる部分に限らず、『明暗』の作中随所に見出すことができる。先のように定義付けした上で、人間関係に伴う「技巧」的な行為は、「技巧」という言葉以外でも、「虚栄心」（九、九十五）、「嘘吐」（百十五）、「虚偽」（百二十五）、「悪戯」（百三十七）、「騙し打」（百五十）など、多く書き込まれている。

「天性か、修養か、又其目的は何処にあるか、人を殺すためか、人を活かすためか、或は技巧其物に興味を有つてゐて、結果は眼中にないのか」、漱石は先の大石宛ての書簡において「技巧」の「解釈」として、このように説明する。この説明は、かなり分析的な「技巧」についての思考の跡をうかがわせるものである。まず「技巧」の由来は、「天性」のものと「修養」によるものがあると類別されているが、言葉を補って考えると、それが成立するまでの過程の価値付けを止揚した場合に、〈Ⅰ先天的に保有されていたもの〉と、〈Ⅱ後天的に獲得されたもの〉とに、まずは分けられるはずである。次の段階として価値付けを導入すると、後天的なものは、まさに〈Ⅱ—①「修養」と呼ぶべき肯定的な価値を付与されるもの〉と、〈Ⅱ—②結果として否定的にしか評価されないもの〉とに分けられるはずである。このように分類してみると、それぞれの「技巧」の例は、『明暗』においてかなり詳細に描写されている。以上の分類を表にすると（表1）のようになる。

表1

由来による分類		
Ⅰ先天的に保有されていたもの		
Ⅱ後天的に獲得されたもの	①肯定的な価値を付与されるもの	②否定的にしか評価されないもの

二

お延の育ての親である岡本の叔父の「特色」（六十一）については、生来「神経質」（六十一）であるが、「他の顔さへ見ると、また何かしら喋舌らないでは片時も居られないといつた気作な風があつた」（六十一）とされている。それが、「対人的な想ひ遣《やり》」（六十一）や「手持無沙汰を避ける」（六十一）「目的」からのものであり、その話術が「彼の成効に少なからぬ貢献をもたらしたらしく思はれる」（六十一）とされるものである。この場面での評価の主体はお延であるが、お延は養い親に当たる岡本の叔父に対して、血縁の叔母よりも慕わしい感情を抱いている。その岡本の「技巧」は虚偽や策略に類するものではなく、眼前の相手に対する配慮から出たものであった。けれどもそれは、あくまでも彼の「心掛《がけ》」（六十一）からくるものであって、生来陽気なわけではなく、むしろ神経質な性質で、相手を不愉快にさせないように振る舞うことは、彼に一定の努力を強いるものであった。このような岡本の叔父の「技巧」は多く「修養」に由来するものとみなすことができよう。お延の「技巧」はすでに述べたように、女を怜悧に研ぎ澄すものとして、「彼女は其初歩を叔母から習つた。叔父のお蔭でそれを今日に発達させて来た。二人はさういふ意味で育て上げられた彼女を、満足の眼で眺めてゐるらしかつた。」（六十七）という言葉で説明されている。神経を集中させて夫の感情を読み、自分に振り向けようとする、表面を取り繕っても、その意識は刹那に「漆黒」（四）の「瞳子《ひとみ》」（四）にあらわれる。それは津田に「彼女の眼に宿る一種の怪しい力」（四）を感じさせる。お延の津田への接し方は、神経を集中させ、生来の自分を抑える「多大の努力」を強いることであり、そのことは、津田の入院中の留守にのびやかな気持ちを味わうことからも明白である。これらに明らかなように、岡本の叔父とお延の「技巧」はともに「修養」によるものであると考えられ、〈Ⅱ─①「修養」と呼ぶべき肯定的な価値を付与されるもの〉とみなすことができる。お延とは姉妹のようにしてともに育った岡本の娘の継子は、結婚を前に稽古事に精を出すが、その継子を見て、お延は継子には普通の稽古事より他に、「人間として又細君としての大事な稽古がいくらでも残つてゐた。」（六十七）と感じている。そして、「お延の頭に描き出された其稽古は、不幸にして女を善くするものではなかつた。然し女を鋭敏にするものであつた。悪く摩擦するには相違なかつた。然し怜悧に研ぎ澄すものであつた。」（六十七）というものである。お延にしてみれば、その「鋭敏」さは「純潔」（五十一）と引き替えに自らの努力で身につけてきたものであった。そして、継子という名前が象徴するように、まだ少女のいとけなさの残る彼女も結婚後は早晩、「夫の愛を繋ぐために」（五十一）「純潔」を「鋭敏」に引き替えるという、自分と同じ運命を辿ることを、お延は予測してもいる（五十一）。これらの例を〈Ⅱ—①〉とみなすことができると思われる。

『明暗』の作中で、例外的に配偶者やそれに準ずる女性を付されていない人物である小林に対する評価は、渡邊澄子(1)の整理するように、嫌悪感の手伝った批判的なものが大半を占めてきた。たしかに小林は、夫婦を描出した『明暗』において異色の存在である。その異質性ゆえに、江藤淳(2)、荒正人(3)に代表されるような、大きな存在意義を認めるもの、ドストエフスキー的な社会批判や人物批判を見出そうとするもの(4)（清水孝純、松本健一、段正一郎）もある。中には、『二百十日』の圭さんや『野分』の白井道也、高柳周作、『門』の安井などに先蹤を持つとし、新しい社会的意義を『明暗』に吹き込むものとしている論（瀬沼茂樹(5)）もある。一方で、その社会批判も自家の弁護のための道具に過ぎず、むしろ感情的には津田やお延の側に寄り添いたいと思っている人物であり、そこに重い意味や新しい意味を採るべきではないとする向き（山下久樹(6)）もある。

評価の分かれる点である『明暗』における小林の存在意義はひとまずおくとしても、その存在の異質性だけは諸論に共通して認められている点であると思われる。そして異質性のゆえんは、吉田精一(7)が言うところの、社会的弱者であるという、境遇に規定された彼の「上流階級への憎悪と復讐心」である。それが家庭を中心として繰り広げられる『明暗』の作品世界の中で異様な光を放っているのである。しかし、ここで逆に考えると、小林を特徴づけるこの「憎悪と復讐心」が社会的な要因に帰されるものであるとすれば、かえって、そのことは彼の悪の後天性を示していることになると考えることができる。作中では、小林の性格については、「問題は、外套とは丸で縁のない、しかし他の外套を、平気で能く知りもしない細君の手からぢかに貰ひ受けに行くやうな彼の性格であつた。もしくは彼の境遇が必然的に生み出した彼の第二の性格であつた。」（九十八）とされている。他に、「「彼奴が悪いんぢやない境遇が悪いんだと考えさへすれば夫迄さ。要するに不幸な人なんだ」」（百五十二）という記述もあり、人をいやがらせるのが小林の元々の性格でないことは、本人も次のような文脈で主張する。

「奥さん、僕は人に厭がられるために生きてゐるんです。わざ〳〵人の厭がるやうな事を云つたり為たりするんです。左うでもしなければ苦しくつて堪らないんです。生きてゐられないのです。僕の存在を人に認めさせる事が出来ないんです。僕は無能です。幾ら人から軽蔑されても存分な讐《かたき》討が出来ないんです。仕方がないから責めて人に嫌はれてでも見ようと思ふのです。それが僕の志願なのです」（八十五）

この部分の他にも、「「天がこんな人間になつて他を厭がらせて遣れと僕に命ずるんだから仕方がないと解釈して頂きたいので、」」（八十六）、「「僕の鈍は必ずしも天賦の能力に原因してゐるとは限らない。僕に時を与へよだ、僕に金を与へよだ。」」（百五十七）と、否定されるべき性格の後天性は、繰り返し示されている。一方で、小林の美質も周到に描出されている。例えば、藤井家での食事の場面で津田のせいで座がしらけたときに、藤井の子どもをあやすことで助け船を出す。

小林は自分の前にある麦酒の洋盃を指して、内所のやうな小さい声で、隣りにゐる真事に訊いた。

「真事さん、お酒を上げませうか。少し飲んで御覧なさい」

「苦いから僕厭だよ」

真事はすぐ跳ねつけた。始めから飲ませる気のなかつた小林は、それを機には、と笑つた。好い相手ができたと思つたのか真事は突然小林に云つた。（三十）

この場面には小林の人の良さが表れているように思われる。また、小林は自分が朝鮮に出発した後の、妹の行く末を心から心配している（三十七）。これは津田とお秀の兄妹喧嘩を想起するまでもなく、小林の妹思いの一面を示しているものであると思われる。小林は、自らに余裕がないにもかかわらず、不遇な青年の精神的な支えとなっているし（百六十四）、貧乏な画家にせっかく津田から借りたばかりの金を援助する（百六十六）。さらに、方法は津田に嫌悪されるものであるとはいえ、友人として津田に、これから来るべき未来について、何らかの示唆を与えようとする。これらの描写は、小林の精神が根本的な邪悪さからは解放されていることを示すものであると考えられる。このことから、小林のありかたを、始めに挙げておいた定義―「単純に意のまま自然のままに行動するのではなく、的確に状況を判断し、嘘や虚偽、策を弄する、言うべきことを言わないことなども含めて、ある目的のために作為的な言動をすること」―に基づいて、小林の「技巧」であると規定することができると思われる。他人に対する影響は対照的であるが、岡本やお延における修養による「技巧」と比較すると、それが後天的であるという点においては共通している。すなわち努力によって後天的に獲得されたものでありながら、結果として否定的な評価を付与される「技巧」は、小林において見出せるように思われる。そのことから、小林の

「技巧」は〈Ⅱ―②〉として位置づけることができると思われる。

漱石が書簡で遣った「天性」という言葉は、吉川夫人に関して次のように遣われている。

> 彼女は此談話の進行中、殆ど一言も口を挟さむ余地を与へられなかつた。自然の勢ひ沈黙の謹聴者たるべき地位に立つた彼女には批判の力ばかり多く働らいた。卒直と無遠慮の分子を多量に含んだ夫人の技巧が、毫も技巧の臭味なしに、着々成功して行く段取を、一歩ごとに眺めた彼女は、自分の天性と夫人のそれとの間に非常の距離がある事を認めない訳に行かなかつた。然しそれは上下の距離でなくつて、平面の距離だといふ気がした。では恐るゝに足りないかといふと決して左右《さう》でなかつた。一部分は得意な現在の地位からも出て来るらしい命令的の態度の外に、夫人の技巧には時として恐るべき破壊力が伴なつて来はしまいかといふ危険の感じが、お延の胸の何所《どこ》かでした。（五十三、傍線は中村による。）

ここにおいて、吉川夫人の「技巧」は「天性」に多く由来するという認識が、お延によって示されている。この場合、それもお延から見て、という限定つきである。吉川夫人については、先行論文の多くが批判的な見解を述べている。申賢周「夏目漱石『明暗』論―吉川夫人・天探女―」[8]はそれらを詳しく整理した上で、お延とは質の違った「技巧」を持った「技巧の女丈夫」として、吉川夫人を位置づけ、二人の女性の「技巧」が対蹠的であるということを「媚薬と爆弾」とに喩える。その上で吉川夫人の「技巧」を「夫など〈男〉の世界との関係や〈世間〉との関係などは無視してしまう女丈夫的振る舞いをしていると思われる。」と述べる。すでに、お延の「技巧」を〈Ⅱ―①〉、「修養」と呼ぶべき肯定的な価値を付与されるものとして位置づけておいた。ここで、吉川夫人の「技巧」を「天性」によるものであるとすると、申が述べるように、両者は由来において対蹠的なものであると言うことができると思われる。

次に清子における「技巧」についてはどうか見ていきたい。清子については、内田道雄「『明暗』論―清子を読む―」(9)の「妻となった女（お延）と対になる形で意識されていることが重要で、この形は温泉場での再会の場面でも踏襲される。」と指摘されているように、津田の心中において、かつて愛した清子と現在結婚しているお延とは、二人の宿命的な女性として対比的に意識に現れる。そのことは、自宅でお延の作った褞袍を前にして、お延と清子の二人の女性を意識に上らせた当時を思い出し、宿の褞袍を前に「お延と清子」（百七十八）と一人つぶやくことからも、明白である。そしてその対比は、「技巧」ということをめぐって、いっそう明らかである。

斯んな場合に何方が先へ口を利き出すだらうか、もし相手がお延だとすると、事実は考へる迄もなく明瞭であつた。彼女は津田に一寸の余裕も与へない女であつた。其代り自分にも五分の寛ぎさへ残して置く事の出来ない性質に生れ付いてゐた。彼女はたゞ随時随所に精一杯の作用を恣《ほしい》まゝにする丈であつた。勢ひ津田は始終受身の働きを余儀なくされた。さうして彼女に応戦すべく緊張の苦痛と努力の窮屈さを甞めなければならなかつた。

所が清子を前へ据ゑると、其所に全く別種の趣が出て来た。段取は急に逆になつた。相撲で云へば、彼女は何時でも津田の声を受けて立つた。だから彼女を向ふへ廻した津田は、必ず積極的に作用した。それも十が十迄楽々と出来た。（百八十五）

清子の特色は、「技巧」的なお延に対してその反措定と言える程に、いっそう「緩慢」（百八十三）に津田の意識によみがえる。津田の認識は、「彼女は何時でも優悠《おつとり》してゐた。何方かと云へば寧ろ緩漫といふのが、彼女の気質、又は其気質から出る彼女の動作に就いて下し得る特色かも知れなかつた。」（百八十三）というものである。津田は自分自身でも、「其特色に信を置き過ぎたため、却つて裏切られた。少くとも彼はさう解釈した。さう解釈しつゝも当時に出来上つた信はまだ不自覚の間に残つてゐた。」（百八十三）にもかかわらず、「突如として彼女が関と結婚した」（百八十三）ことは紛れもない事実である。[10]その二つのことを一人の女性のこととして結びつけて了解できないでいながら、津田は、清子を前にやはり、昔のままの気分を保っている。けれども実際の清子が津田の信じるようであったかというと、そのようには書かれていない。彼女の顔が紅いのを津田は自分を前にしての影響であるとは認めない。「それは強い秋の光線を直下《じか》に受ける生理作用の結果とも解釈された。山を眺めた津田の眼が、端なく上気した時の様に紅く染つた清子の耳朶に落ちた時、彼は腹のうちでさう考へた。」（百八十四、傍線は中村による。以下断りのない限り同じ。）、「さうして位置の関係から、肉の裏側に差し込んだ日光が、其所に寄つた彼女の血潮を通過して、始めて津田の眼に映つてくるやうに思はれた。」（百八十四）この部分を読む限りにおいて、あくまでも津田の心の中で、無垢な清子であったというほかはない。この後の場面でも、話しかける津田に、対する清子は、「顔を上げなかつた。」（百八十七）、「俯向いた儘答へた。」（百八十七）、「矢つ張り津田を見ずに答へた。」（百八十七）と、繰り返し清子の不自然な様子が示されている。大岡昇平が『明暗』の終え方についてのノート[11]」において、「清子が下を向いたままでいる以上、完全に無邪気ではないとの疑いが頭を去らない。ここには何か抑圧されたものがある。」と指摘するように、顔を上げようとしない清子には顔を挙げられない理由が自覚されていたはずである。湯上がりに予期せず津田と出くわして直立不動になったときは、無防備な姿であったが、翌日平静を保って面会した時には部屋も髪も全てが改まり、客として津田を迎える用意が整えられていた。そうであってこそ、初めて彼女は平静を保って津田と面会できるのであり、ここに「技巧」が介在していないと断言することはできない。無意識とはいえ、そのことによって自分に有利に運ぶという点では、やはりこれらは清子の「技巧」であるとみなすことができるだろう。そしてその「技巧」は努力によって後天的に獲得されたものではない。〈I〉の、先天的に保有されていたものであると考えるべきであると思われる。清子もお延と同様に、他人と接するに際して、「技巧」から解放された人間ではなく、その「技巧」は、吉川夫人とは違った意味での、「天性」のものであったと考えるべきだろう。

三

以上、由来による分類を試みたのであるが、一方の「目的」による分類は、先述の大石宛ての書簡においては、〈A〉「目的」のあるものと〈B〉「目的」のないものとに分けられ、「目的」のあるものは、「人を殺す」ものと「人を活かす」ものというふうに分けられている。表にすると（表2）のようになると思われる。

Bの「目的」のないものとしては、吉川夫人の津田を温泉に差し向ける計画が挙げられると思われる。吉川夫人自ら口にする、「面白半分の悪戯」（百三十七）という言葉から明らかなように、津田にとっての影響は計りしれないにもかかわらず、その計画は彼女にとっては切実な「目的」を持つ行為ではない。目下の者の世話をやくに際して、「鼠を弄そぶ猫」（百三十二）のように「道楽本位」（百三十二）でことをはこぶというような夫人の態度が、無目的の「技巧」であり、漱石の言葉で言うと、「技巧其物に興味を有つて」いるもの〈B〉ということに

表2

目的による分類	
A 目的のあるもの	a「人を殺すもの」
	b「人を活かすもの」
B 目的のないもの	

なると思われる。次に「目的」のあるものでは、三好と継子の見合いの席で、三好を話題の中心として「相間々に巧みなきつかけを入れて話の後を釣り出して」（五十三）いき、結果として、最も有利な方面から自分を説明させる吉川夫人の「お手際」（五十三）に、お延は「破壊力」すら感じる。かりに三好を視点にして考えた場合、自分に好意的で、見合いの相手に自分をよく見せようとしてくれる夫人の「技巧」は、ありがたいものに違いなく、明らかに自分を活かしてくれる「技巧」であり、〈A—b〉ということになる。一方の〈A—a〉にあたる「人を殺す」、すなわち他人に悪影響を及ぼす方の「技巧」としては、小林の津田に対する態度が挙げられると思われる。小林が自分の留守中に家に外套を取りに行ったことを評して、津田は次のように独白する。

> 其所には突飛があつた。自暴《やけ》があつた。満足の人間を常に不満足さうに眺める白い眼があつた。新らしく結婚した彼等二人は、彼の接触し得る満足した人間のうちで、得意な代表者として彼から選択される恐れがあつた。平生から彼を軽蔑する事に於て、何の容赦も加へなかつた津田には、又さういふ素地を作つて置いた自覚が充分あつた。

「何をいふか分らない」
津田の心には突然一種の恐怖が湧いた。（九十八）

このような小林の態度は人を殺す「技巧」として、津田には認識されているものである。同じ見合いの際の吉川夫人の「技巧」でも、お延を視点にしてみると、その「技巧」には他を攻撃する「恐るべき破壊力」が伴っているという危険の感じを呼び起こすものであり、〈A―a〉と分類されるべきものである。また、お延が待ち伏せをしたり、事細かに津田の世話をやくのも、彼女からすれば、夫婦関係を円滑に営むための「技巧」であると言えるだろう。その他にも例えば、吉川夫人を前にしてお延が用いるような、仕事にかかわる社会的な関係での「技巧」、岡本の叔父の今後の冠婚葬祭のための「便宜」（七十五）を考えての親戚づきあいなど、いわゆる社交に類する「技巧」などが挙げられる。さらに津田がお延に対して経済事情を打ち明けられずにいるのを、自分の虚栄心を満足させたり、自分に関わることを真実以上に見せるため「技巧」であると判断することもできよう。そして津田は、お延を大切に扱うことで、自分の社会的地位が保証されると考えている。ここにも自分を活かすため、すなわち〈A―b〉の「技巧」の介在する余地がある。

注意すべきことは、「目的」による分類は可能であるが、必ずしも行為者の「目的」に添ったように周囲に受け取られるとは限らないということである。むしろ、「技巧」的な言動の描写の特徴として、見る側の立場によって、同じ「技巧」が違ったように受け取られるという現実があえて示されているようである。吉川夫人の見合いの場での言動は、恐らく本人にすれば、三好を引き立てるためのものであり、三好にとっては自分を有利にしてくれる年上の女性の気遣いであると、夫人本人の「目的」に添った形で受け取られるものであろう。その同じ言動がお延にしてみれば「破壊力」(五十三)を持った自分を脅かすものとして受け取られる。家庭における事細かな津田へのお延の気遣いも、本人からすれば夫を思ってのことであり、津田との夫婦関係を円満に営むためのものであろうが、津田からすると、お延のペースに乗せられ、たびたび「組み敷かれ」(百五十)るかのような無念を呼び起こすものであり、第三者である小林や藤井からも夫を意のままにするかのように受け取られるものである。小林の津田に対する態度も、本人からすれば、友人である津田に何かを伝えようとするものであろうが、津田からすれば、嫌がらせに近いものと受け取られても無理はない。このように「目的」による分類は、判断する者の立場によって違ったように受け取られるという特徴がある。

四

本論では、大石宛て書簡における漱石の分類にそって、『明暗』における「技巧」の全体像を提示することを試みてきた。『明暗』においては、津田とお延以外にも、岡本、吉川夫人、小林、清子、とそれぞれ「技巧」を持った人物が描出されている。それぞれがそれぞれの意図を持っており、生きている限り、「技巧」と無縁に過ごすことができる人間というものはいない。津田を戒飭しようとする小林も、純真無垢の人のように津田の目に映る清子すら、「技巧」から解放されてはいない。『明暗』において、「技巧」は、もちろん無条件に賞賛されるべきものではないが、人間関係において不可欠のものであるという人間観が反映されているということを、確認できたと思う。同時に、見る側の立場によって、違ったように受け取られるということをも確認できたと思う。

漱石が『明暗』の準備に取りかかっていたと考えられる大正五年「断片」に、次のような記述が見出せる。

人はあるものを白だとも云へます黒だとも云へます。しかも少しも自分を偽る事なしに。是は白と黒との両方が腹のうちに潜伏してゐて、白といふ時は白の立場から、又黒といふ時は黒の立場から一つのものを眺めて説明するからです丁〔重〕宝なものです

Perfect innocence and hypocrisy（「断片」大正五年71B）

この「断片」の立場に基づくと、人から見てそれが偽りに満ちた言辞であっても、あるいは一貫性のない言動であっても、自分はこうであるという信念が初めから意識の中にない限り、本人に己を偽っているという感覚は生じえないということになる。このような考えが作者の頭にあったと想定すれば、「技巧」を用いる人物に罪の自覚が乏しいことも、彼らの虚偽性を断罪する超越的な視点が作品世界に介在していないことも、容易に理解できる。『明暗』においては、虚構性が意識の本来的な性質として許容されるような立場から、登場人物の「技巧」的な言動が描出されていたのではないかと考えられる。

注

（1）「『明暗』—小林登場の意味」（『女々しい漱石、雄々しい鷗外』〔一九九六年一月　世界思想社〕）。

（2）「『明暗』それに続くもの」（『夏目漱石』〔一九五六年一一月　東京ライフ社〕ただし、後に『決定版　夏目漱石』〔一九七四年一一月　新潮社〕に収録。）。

（3）「解説」（『漱石文学全集』第九巻〔一九七二年一二月　集英社〕）。

（4）清水孝純「草平・漱石におけるドストエフスキーの受容」（成瀬正勝編『大正文学の比較文学的研究』〔一九六八年三月　明治書院〕）、松本健一『ドストエフスキーと日本人』〔一九七五年五月　朝日新聞社〕、段正一郎「『明暗』

における『罪と罰』の影響」（「近代文学論集」第十二号（一九八六年一一月　日本近代文学会九州支部「近代文学論集」編集部））。

（5）「晩年　三『明暗』」（『夏目漱石』（一九七〇年七月　東京大学出版会））。

（6）「漱石『明暗』論＝その結末と主題の解釈＝」（「皇學館論叢」第八巻第一号（一九七五年二月　皇學館大學人文學會）。ただし、後に山下久樹『解釈と批評はどこで出会うか』（二〇〇三年一二月　砂子屋書房）に収録。）。

（7）「解説」（『夏目漱石全集』第十三巻（一九七四年九月　角川書店））四五四頁。

（8）「言語と文芸」第百十号（一九九四年二月　国文学言語と文芸の会）一〇九、一一五頁。

（9）『夏目漱石―『明暗』まで』（一九九八年二月　おうふう）二九八頁。

（10）山下注6前掲論文は、清子の描写の多くが津田の目を通したものであり、そうでないものもごく少ないがあり、この二種類の描写が食い違っているということを、指摘している。

（11）「図書」（一九八四年一月　岩波書店）。ただし、後に『姦通の記号学』（一九八四年六月　文藝春秋）に収録。引用はこの単行本の四九頁による。

第三章　芸術上の「技巧」

第一節　「素人」と「黒人」

これまでのところで、夏目漱石の絶筆である『明暗』に表された人間関係における「技巧」について検証してきた。漱石作品全体においては、『明暗』のお延の描写の例に見られるように、人が人に対するときの相手の反応を計算した意図的な振る舞いが目を惹くものとしてある。しかし、「技巧」という言葉の用いられ方としては、芸術などにおいて技術の巧みなことを示す場合の方が一般的であろう。漱石における芸術上の「技巧」という問題は、「素人と黒人」（大正三年一月七日から十二日まで、「東京朝日新聞」「大阪朝日新聞」に連載。）という評論に、「黒人の誇り」という言葉を用い、「黒人」の「黒人」たる所以として、論じられている。「黒人」の本領として「技巧」について論じているものである。ただし、注意すべきは、この評論の中で彼は終始一貫して「素人」の立場において発言している。そもそもの起草の契機が、「素人と黒人といふ意味をもつと理智的に解釈する様になつたのは、近頃諸所の展覧会で見た絵画（ことに日本画）が強い原因になつてゐる」（一）と述べているように、絵画に関する事柄である。「素人と黒人」という芸術論は、自らが「素人」として関わった日本画の分野を窓口として、いわば「素人」の立場に立って議論を始めたものである。

このことから、芸術上の「技巧」を論じるにあたって、第二節では、漱石が「素人」であった絵画における「技巧」について、どのような考えを持っていたかということを検証したい。いわば、「素人」の立場からの「技巧」論である。一方で、文学の領域においては、文字通り自分が「黒人」の立場であったのであり、絵画における「技巧」についての言及を、そのまま文学における「技巧」論として受け入れることはできないはずである。したがって、続く第三節では、文学における「技巧」について、漱石がどのような立場をとっていたかを考えてみたい。

第二節　絵画における「技巧」

一

漱石が画を愛好したのは若い頃からであるが[1]、大正元年頃から亡くなるまでの時期は、自分でも多く描き、親しく交際していた画家の津田青楓に、画の批評をしてもらったり、展覧会を足繁く見に行ったり、と画への興味が高じた時期であったようである。第六回文展の批評を執筆することに決まった大正元年から、「素人と黒人」の執筆される大正三年の間だけで、具体的には、青木繁遺作展、第六回文展の他、フューザン会第一回展、津田青楓油絵小品画展覧会、太平洋画会（明治美術会を改称したもの）、水彩画会、平泉書屋古書画展覧会に足を運んでいる。文展とは文部省美術展覧会のことで、明治四十年から大正七年まで毎秋上野公園で催され、毎年非常な話題を提供した。漱石はそのうち大正元年十月十三日、第六回展を寺田寅彦とともに見に行く。朝日新聞社の依頼に応じて第六回文展について批評したのが、「文展と芸術」（大正元年十月十五日から二十八日まで、「東京朝日新聞」に連載。）である。新聞には開会が近づくと競って人気作家の状況を伝える記事が並んだり[2]、「文展と芸術」で漱石の述べるように、「今度文展に落第したため、妻君から離縁を請求された画家があるといふ話を此間聞かされた」[補注四]（三）という話もあるほどである。特に第六回文展は非常な盛況で、入場者は一六万一八〇五人[3]だったという。当時の東京の人口が二〇一万人ほどだとすると、文字通り国家的行事というべきであろう。多くの名作を世に送り出す一方で、この規模と権威を兼ね備えた国家的行事は、弊害を生みもする。芳賀徹『絵画の領分近代日本比較文化史研究』(4)に、「この種の官展の常として、回を重ねるうちに保守微温的ないわゆる文展型の類型を作り、それを官の威光をもって押しひろめる傾向が出てきた。」と評されるような状況である。そのような状況を、新しい主義主張を持った人々が集団をつくっては批判する動きが活発となる。白樺美術展の組織(明治四十三年)、旧来の白馬会の解散(明治四十四年)、フューザン会の結成(大正元年)、文展洋画部二科制設置の建白(大正二年)などである(芳賀七九頁注1)。漱石は公の権威と化した文展の社会への影響力の大きさを懸念する。そして「文展と芸術」において、あくまでも、自己が自己の作物に対しての第一の批評者であるのだけれども、公正さに欠ける懸念から、他人に批評をゆだねるのであり、その批評は第二次的なもので、決して自己批評の上に立つものではないということを強調している。審査員に対しては、その立場を自覚して、将来発展の可能性のある才能の芽を誤って摘み取ることのないように、「具眼者」としての鑑賞眼の的確さを要求している。漱石の考えでは、芸術に対する評価は、異性に対する好悪と同じく、個人の好みに属するものであり、そこに権威的なものを介入させるべきではない、ということであろう。漱石は、文展が官展として権威となりつつあった当時の状況に対して、芸術家としての立場から危惧の念を抱き、「黒人」集団と言うべき審査員たち、あるいは文展を権威と見なす人々に、警鐘を鳴らす意図を持っていたと思われる。フューザン会を「健気」と評したこと(5)も、その在野性ゆえであったと思われる。

二

では具体的に、このような状況の中で漱石はどういった鑑賞体験をもったのか確認したい。『それから』の作中でも触れている、青木繁に関する評は中でも注目すべきものであると思われる。青木繁は、漱石が帰国したばかりの明治三十六年に観に行った白馬会で第一回白馬会賞を受賞していることから、漱石の青木の画との最初の出会いはそのときではないかと推測される。その八年後に二十八歳で青木は夭折するのであるが、明治四十五年三月十七日、上野で開かれた遺作展を見た漱石は「あの人は天才と思ひます。あの室の中に立つて自から故人を惜いと思ふ気が致しました。」（明治四十五年三月十七日付け、津田青楓宛て書簡）という感慨を漏らす。前述（六一頁）した「文展と芸術」においても、遺作展での感銘を回想して述べている。

自分はかつて故青木氏の遺作展覧会を見に行つた事がある。其時自分は場の中央に立つて一種変な心持になつた。さうして其心持は自分を取り囲む氏の画面から自《おのづ》と出る霊妙なる空気の所為《せい》だと知つた。自分は氏の描《か》いた海底の女と男の下に佇《たたず》んだ。（参考図1）自分は其絵を欲しいとも何とも思はなかつた。けれども夫《それ》を仰ぎ見た時、いくら下から仰ぎ見ても恥づかしくないといふ自覚があつた。斯《こ》んなものを仰ぎ見ては、自分の人格に関はるといふ気はちつとも起らなかつた。自分は其後所謂《いわゆる》大家の手になつたもので、これと同じ程度の品位を有《も》つべき筈の画題に三四度出会つた。けれども自分は決してそれを仰ぎ見る気にならなかつた。青木氏は是等の大家よりも技倆の点に於ては劣つてゐるかも知れない。或人[6]は自分に、彼はまだ画を仕

参考図1

上げる力がないとさへ告げた。それですら彼の製作は纏まつた一種の気分を漲らして自分を襲つたのである。して見ると手腕以外にも画に就て云ふべき事は沢山あるのだらうと思ふ。たゞ鈍感な自分にして果してそれを道《い》ひ得るかが問題な丈である。（十）

ここで漱石は、「画面から自と出る霊妙なる空気」があると言い、「纏まつた一種の気分」が漲ると述べている。『それから』（明治四十二年六月二十七日から十月十四日まで、「東京朝日新聞」、「大阪朝日新聞」に連載。）においては代助に「あれ丈が好い気持に出来てゐると思つた。つまり、自分もああ云ふ沈んだ落ち付いた情調に居りたかつたからである。」（五）と語らせている。描いた人の個性が画に滲み出て、あたかも一つの世界を形作るかのような独特の情調を鑑賞する人に与える、そういった点でこの画を漱石は評価したのであると思われる。そしてそれは手腕だけを以てなしうることではない、こう漱石は述べていたのである。その他「文展と芸術」においては、第六回文展に出展された数多くの画を批評している。まず、横山大観「瀟湘八景」（八、参考図2）については次のように評している。

大観君の八景を見ると、此八景はどうしても明治の画家横山大観に特有な八景であるといふ感じが出て来る。しかもそれが強ひて特色を出さうと力めた痕迹なしに、君の芸術的生活の進化発展する一節として、自然に生れたやうに見える。—（中略）—君の絵には気の利いた様な間の抜けた様な趣があつて、大変に巧みな手際を見せると同時に、変に無粋《いき》な無頓着な所も具へてゐる。君の絵に見る脱俗の気は高士禅僧のそれと違つて、もつと平民的に呑気なものである。

横山大観の画が、気負って特色を出そうとした痕跡がないのに、自然と個性が滲み出ている、そういう点を漱石は評価しているようである。巧みではありながら無粋で平民的であるという、その人柄を彷彿とさせるような趣を好んでいるようである。さらに坂本繁二郎の「うすれ日」（十二、参考図3）に関しては、「此画には奥行があるのである」とし、そしてその「奥行」が牛の「態度」から出るものであるという。「牛は沈んでゐる。もつと鋭く云へば、何か考へてゐる。」と評する。そして「少時《しばらく》此変な牛を眺めてゐると、自分もいつか此動物に釣り込まれる。さうして考へたくなる。」と述べている。その他、同様に自分の気分に影響を与えたものとして、朝倉文夫「若き日の影」（十二、参考図4）の石膏像を挙げ、弱々しげな憂いを帯びた少年の像に彼の心を見た時「朋友としては彼に同情し、女としては彼に惚れて遣りたかつた。」と評している。

参考図2

参考図4

参考図3

逆に、漱石が冷評した作品はどのようなものか検証してみたい。まず、望月金鳳「松上烏鷺《うろ》図」（六）については、烏と鷺の「両方とも生活に疲れてゐた」としている。今村紫紅の「近江八景」（七、参考図5）については、新しさを出そうとした努力を認めた上で、珍しがられはするが、後生に残るものではないかも知れない、と述べ、「色彩の点になると甚だ新らしい様ではあるが何だか自分の性に合はない。」という言葉で嫌っている。木島《このしま》桜谷の「寒月」（八）については、前年の画を「今思ひ出しても気持の悪くなる鹿である」とし、それに劣らず今年の作品も「不愉快」であると酷評している。山元春挙「嵐峡」（八）については、「岩も水も大袈裟に惜気なく描かれてゐる。けれども斯う大きく描く興味は何処から出て来たのだらう」と訝しがっている。南薫造「六月の日」（十二）については彼の文章ほども「旨味がない」と述べている。田南岳璋の「南海の竹」（六、参考図6）については、「悉く一種の田臭を放つて、観る者を悩ませてゐるやうに思はれた」と述べ、表慶館でみた橋本雅邦の「竹林猫図」（同、参考図7）と比較している。それは、「此むらだらけに御白粉《しろい》を濃く塗つた田舎女の顔に比較すべき竹の前に立つた時、自分は思はず好い対照としてすつきりと気品高く出来上つた雅邦のそれを思ひ出した。」というものである。「素人」に対する「黒人」の仕事として雅邦の「技巧」の高さが例に引かれているのであろうが、一方で私的な書簡においては同じ画を、「雅邦のあの画は全然無価値であります。き用過ぎて小刀細工があつて画面の大きな割に大きな感がどこにもあ〔り〕ません、卑しい品ですな　明治を代表する格調があの位のものだと思ふと情けない事です。」（大正二年九月二十九日付け、津田青楓宛て書簡）と容赦ない批判を与えている。それはこの画が、画としてはいかにもうまく出来上がっていても、画中の猫が語りかけてくるような「奥行」はもっていないということであると思われる。漱石は雅邦の「技巧」の高さを評価しつつも、そこから滲出する世界の脆弱さを嘆いているようである。

参考図5

参考図7

参考図6

このように漱石の鑑賞体験を辿ってくると、漱石の鑑賞の仕方には、作中に描かれているものの中に、それが動物でも人間でも「作者の生活や志向の投影を見出そうとする」（陰里鉄郎「夏目漱石の文展評を読む」[7]）という特徴があり、大袈裟なもの、細工に走ったもの、下品でいやな感じを与えるものには芳しい評価を与えず、自分の感覚に語りかけてきたもの、自分の好みにあったものによい評価を与え、その中でも特に、全体としてある「気分」、「心持」のようなものを見る人に喚起する作品を高く評価していた。漱石が美術の世界において真に求めたものは、作者の生活や志向の投影としてその人独自の世界を作り上げることであり、芸術をそのようなものととらえた場合、そこにおける「技巧」とは、細工ばしった嫌みを感じさせず、表現者の個性の滲み出た「奥行」ある世界を作り出すものでなければならなかった。

注

（1）芳賀徹『絵画の領分　近代日本比較文化史研究』（一九八四年四月　朝日新聞社）初出。ただし、後に朝日選書412（一九九〇年一〇月　朝日新聞社）として同名で出版。引用はこの選書の四〇六頁による。

漱石の絵画への関心、絵好きぶりは、その生涯をつらぬくものであり、ただ時期によってそのあらわれ方が少しずつ変っただけである。イギリスから帰国してまもないころから水彩画をしきりに試み、明治三十七年になると、友人の外交官橋口貢や門弟の寺田寅彦や野間真綱などを相手に、いかにも楽しげに冗談口を叩きながら自筆の水彩やペン画の絵はがきを送り、送られるようになる。やがて作家活動が盛んになってゆくと、漱石の絵画的関心・絵画的発想は、ラファエル前派や南画への偏愛も含めて、いわば作品内に生かされ、内在化されてゆくということができる。それについてはすでに前章に見た。

そして絵画とのかかわりが、作品内の世界とは一応離れていわば顕在化し、再び活潑になってゆくのが、あの『思ひ出す事など』の書かれた修善寺大患の後、および再度の胃潰瘍手術の後の明治四十五年（一九一二）から、大正五年（一九一六）のその死までの最晩年である。

（2）文展開催当時の状況は、陰里鉄郎「夏目漱石の文展評を読む」（『夏目漱石・美術批評』〔一九八〇年一月　講談社〕）に詳しい。

（3）文展入場者数は、第一回展が四万三七四一名、第二回展が四万八五三五名、第三回展が六万五三五名、第四回展が七万六三六三名、第五回展が九万二七六五名、第六回展が一六万一八〇五名（一日平均四三四六名）。数字は陰里注2前掲書一四七頁による。

（4）七九頁注1前掲書、四一〇頁。

（5）「文展と芸術」に次のようにある。

余は審査員諸君の眼識に信を置くと共に、落第の名誉を得たる芸術家諸氏が、文展の向ふを張つて、サロン・デ・ルフューゼを一日も早く公開せん事を希望するのである。同時に個人の団体から成るヒューザン会の如き健気な会が、文展と併行して続々崛起せんことを希望するのである。（五）

（6）同行者の小宮豊隆の言かと推測される。

（7）注2前掲論文、一五八頁。

付記

・参考図については、左記の資料を掲載させていただいたことをお断りし、感謝の辞にかえたい。

参考図1　青木繁「わだつみのいろこの宮」（石橋財団石橋美術館所蔵）

参考図2　横山大観「瀟湘八景」のうちの「瀟湘夜雨」（東京国立博物館所蔵　Image：TNM Image Archives Source：//TnmArchives. jp/　複製禁止）
参考図3　坂本繁二郎「うすれ日」（東京国立近代美術館編『生誕100年記念　坂本繁二郎展』〔一九八二年　朝日新聞社〕より転載）
参考図4　朝倉文夫「若き日の影」（台東区立朝倉彫塑館所蔵）
参考図5　今村紫紅「近江八景」のうちの「比良暮雪」（東京国立博物館所蔵　Image：TNM Image Archives Source：//TnmArchives. jp/　複製禁止）
参考図6　田南岳璋「南海の竹」（陰里鉄郎『夏目漱石・美術批評』〔八〇頁注2前掲書〕より転載）
参考図7　橋本雅邦「竹林猫図」（東京国立博物館所蔵　Image：TNM Image Archives Source：//Tnm Archives. jp/　複製禁止）

第三節　文学における「技巧」

一

第二節では、芸術における「技巧」という問題を漱石がどのように考えていたかということを、絵画への興味を軸に検証してきた。その考え方は、文学の領域ではどのように考えられているのか、本節では検証してみたい。

田山花袋は「評論の評論」[1]（「趣味」第三巻第十一號（明治四十一年十一月））において、ズーデルマンについて言及し、その作品を「成程此程のものを捏ねあげた、作者の非凡な才力には敬服もするが、併し要するに是れ、作者の拵え者である。」（傍点原文）としている。断片的で複雑なものが「眞《しん》の人生であり生活である」[2]とし、それを「正直にさながらに寫し出さなければならん」という考えからである。その観点から、ズーデルマンを「巧みに作者の目的に或る事柄を持つて往つたに止まる。其以外作者のなし得たとすれば、極めて僅少である。」（同上）と批判する。その論評のはじめに、漱石がズーデルマンに感心しているとわざわざことわっていることからすると、あたかもこの文章全体が漱石に対する挑発のように受け取られる。花袋の挑発に応じる形で、漱石が自らの立場を明らかにしたものが、次に引用する「田山花袋君に答ふ」（「国民新聞」（明治四十一年十一月七日））である。

拵へものを苦にせらるゝよりも、活きて居るとしか思へぬ人間や、自然としか思へぬ脚色を拵へる方を苦心したら、どうだらう。拵へた人間が活きてゐるとしか思へなくつて、拵へた脚色が自然としか思へぬならば、拵へた作者は一種のクリエーターである。拵へた事を誇りと心得る方が当然である。たゞ下手でしかも巧妙に拵へた作物（例へばヂューマのブラック、チューリツプの如きもの）は花袋君のご注意を待たずして駄目である。同時にいくら糊細工の臭味が少くても、凡ての点に於て存在を認むるに足らぬ事実や実際の人間を書くのは、同等の程度に於て駄目である。花袋君も御同感だらうと思ふ。

花袋の文章は、自然主義文学に距離を置いていた漱石に対する、自然主義の立場からの挑戦と見なせるものである。漱石はそれに対して、大切なのは、「拵へもの」か否かということではなく、拵えたものが真実味をもって読む人に訴えかけるかどうかという、その出来栄えであると、ここでは反論している。漱石は花袋の立場と違い、書かれたことが真実であるかどうかということは問題にせず、読者に真実らしく受け取られるように表現するという表現者の拵え方すなわち、〈表現の方法〉について述べている。漱石は、言語の含意性は感情であり、意識の産物であるという認識を、すでに述べたように、『文学論』において、「F」に付加される「f」として、「F＋f」と記号化して表した。読むという行為において、作家の〈表現の方法〉に導かれて、同情させようとしたところは（その人なりの仕方で）同情し、賞嘆させようとしたところは（その人なりの仕方で）賞嘆し、という具合に、読者は作者の意図に沿って読むという原則が、両者の関係には前提として横たわるという認識を漱石は持っていることになる。そして、ここに引用した文章では、〈表現の方法〉、すなわち表現「技巧」の成否を問題にしていると考えることができると思われる。ここで漱石は花袋に対して、「技巧」を「技巧」と感じさせない創作力の高さが文学の質を左右するものであると主張しているのである。花袋に向けてのこの反論は、文学上の「技巧」についての漱石の考えを検証する上で、興味深いものであると思われる。

二

大正四年、漱石は当時の作家たちについて、「談話（文壇のこのごろ）」（大正四年十月十一日、「大阪朝日新聞」掲載。）で述べる中で、徳田秋声の『あらくれ』（大正四年一月十二日から七月二十四日まで、「讀賣新聞」連載。）を第一に問題にしている。漱石と秋声との関係としては、秋声が漱石の主催していた「朝日文藝欄」に明治四十四年、『黴』（明治四十四年八月一日から十一月三日まで、「東京朝日新聞」連載。）を漱石の推薦で連載していることに確認できる。それによって秋声は結果的に自然主義作家としての地位を確立するのであるが、この談話での漱石の批判はかなり手厳しいものである。「読んだ後で、感激を受けるとか、高尚な向上の道に向はせられるとか、何か或る慰藉を与へられるとか、悲しい中に一種のレリーフを感ずるとか、只の圧迫でなく、圧迫に対する反動を感ずるやうな、悲しみに対する喜びといふやうな心持を得させられない」（「談話（文壇のこのごろ）」、以下、断りのない限り同じ。）、「現実其儘を書いて居るが、其裏にフイロソフイーがない」と批判している。「尤も現実其物がフイロソフイーなら、それまでゞあるが、眼の前に見せられた材料を圧搾する時は、かう云ふフイロソフイーになるといふ様な点は認める事が出来ぬ」と断った上で、「始めから或るアイデアがあつて、それに当て嵌めて行くやうな書き方では、不自然の物とならうが、事実其の儘を書いて、それが或るアイデアに自然に帰着して行くと云ふやうなものが、所謂深さのある作物であると考へる」と自分の考えを示し、「徳田氏にはこれがない」と断言している。すなわち、深く人生を見ているものの、その観察から圧搾し抽象した「フイロソフイー」と呼ぶべき「理念」を所有するには至っておらず、読者に満足や感動を与えにくいということであろう。「技巧」が現実を写すためだけに機能していてそこから滲み出るものがない、ということであると思われる。同じ談話で武者小路実篤を引き合いに出して、「武者小路氏は若い人で、世間に対しては智識も乏しいし、自然に書けば狭い範囲より出ないし、拡げれば不自然になるかも知れぬが、然し徳田氏に見る事の出来ぬやうな、或る意味を書いて居る」と、賞賛とも受け取れる評価を与えている。

三

一方年代は少し遡るが、「談話（漱石山房より）」（「新潮」十九巻六号（大正二年十二月一日　新潮社））においては、漱石自らの手になる『行人』（大正元年十二月六日から二年四月七日、同九月十八日から十一月十五日まで「東京朝日新聞」、十七日まで「大阪朝日新聞」に連載。）について言及している。談話の聞き手は「友達」の章における精神病の「娘さん」の逸話の部分（三十二、以下、断りのない限り同じ。）が印象に残ったと漱石に告げる。作中の語り手である二郎が友達の三沢から聴いたその話は、ある事情から三沢の家に預けられた彼女が毎日彼の外出の際に玄関まで送って出て、「早く帰つて来て頂戴ね」と懇願し、早く帰るという言葉を胸に抱くまで執拗にそれを繰り返すというものである。三沢は不憫さから早い帰宅を心懸け、帰ると必ず「只今」と帰りを告げていたという。彼は家族の手前から送りに来た彼女を叱責しようとするが、その度に「玄関に膝を突いたなり恰も自分の孤独を訴へるやうに、其黒い眸」を向けられ、「斯うして活きてゐてもたつた一人で淋しくつて堪らないから、何うぞ助けて下さいと袖に縋られるやうに感じた」（「友達」三十三）、と二郎に告白する。この談話の席で漱石は聞き手の感想に対して次のように応答したという。

充《つま》り、あれは描写が傑《すぐ》れて印象が深いと云ふよりも、あゝ云ふ事実其の物が総べての人々の心を惹く力を持つて居るのだと思ふ。――妙でしたよ。あゝ云ふ事実が私の若い時分にあつたんです。何でも遠縁の婦人で、私の家にあづかつて居たんだが、私に対してあの通りに、出懸けには、早く帰つて頂戴と、ちやんと送り迎へをするのです。――何う云ふつもりであつたものか……。

あの逸話が若い時分に漱石自身の身に実際にあったできごとを元に描かれているものであることを、この談話から伺い知ることができ、漱石の言うように、それが私たち読者の心を惹く魅力を持っていることは確かである。けれども、読者の心を惹く魅力は、「事実其の物」の「力」のみに起因するものではありえない。この逸話が、『行人』の中軸となる一郎と直の夫婦の関係を描写することに及ぼす影響に鑑みたとき、そこに事実を活かす作者の理念をはっきりと感じ取れるのではないかと思われる。この話は周囲への波紋と後日譚まで丁寧に描きあげられている。かつて家庭教師であった経緯から三沢と親しくしているHさんは本人から直接話を聴かされ、それを友人である一郎に語る。一郎は弟である二郎に語るのであるが、その話には彼女が亡くなった後三沢が冷たくなった額に接吻したという、三沢本人からは明かされることのなかった後日譚が含まれている。その話をする際に、一郎は彼女が三沢に気があったと思うかということを二郎に問い掛ける。そして彼女が心を病んだ結果、世間並みの責任が頭から消え去り「普通我々が口にする好い加減な挨拶よりも遥かに誠の籠つた純粋」（「兄」十二）な言葉を発したのではないかという自分の解釈を示す。つまり一郎は彼女の言動に三沢に対する純粋な愛情を感じ取ったのであり、その感情は「世間並みの責任」に拘束されるうちは言動に現れず、深い心の底に隠蔽されていたはずだと解釈しているのである。一郎のこの問いへのこだわりは、「噫々《あゝ〱》女も気狂にして見なくつちや、本体は到底解らないのかな」（「兄」十二）という嘆きに見られるように、妻の本心を知りたいという彼の痛切な願いに裏付けられたものである。『行人』という作品は、この二人の関係を中心に、二郎をはじめ母や妹のお重などの周囲のものが見守るという構図で進行しており、一郎の心の葛藤を軸として、人が人と心を通じ合いたいと願う気持ちを描くことがこの作品の基調をなしていると考えてよいと思われる。とすると、精神に異常をきたした娘さんの逸話は、『行人』という作品が、人の心を知りたい、つかみたいと切実に願う人間のあり方を描いた小説であるということを示すために、作中に織り込まれたものであったと感じられてくる。このように解釈するとあの逸話は、あのような形で『行人』の作中に挿入されたことで、いっそう読者に強い印象を与えるものとなっているということである。ここに、事実を自分の主題を生かすために工夫した上で利用する、小説家としての漱石自身の、綿密な「技巧」の実例を見ることができると言えるだろう。

　このように検証してくると、文学作品における「技巧」についての漱石の考えが自ずと理解されるように思われる。まず、書かれている内容が実際のところ事実であるか否かは問題ではなく、いわゆる「拵へもの」であっても構わない。ただし「拵へもの」として不出来で真実味のないもの、及び存在を認めるに足らぬ物事を書いたものは、当初から除外されるべきである。そして、いかに「技巧」が優れて上手く書かれていても、事実そのままを書いて、ただそれだけのもの、言い換えれば、帰着していく「理念」がないものでは読者に満足を与えられない。漱石の言葉で言う、「或るアイデア」、「フイロソフイー」、「或る意味」というようなものが、手腕以外に作品に「深さ」を与えるものとして必要であるということである。

四

漱石は明治四十年、自己の文学上の立場を明らかにするものとして「文芸の哲学的基礎」[3]（明治四十年五月四日から六月四日まで、「東京朝日新聞」連載。明治四十年四月東京美術学校において口述したもの。）を発表する。これは朝日新聞社に入社後、「入社の辞」を除いて最初に漱石の発表した文章に当たる。その中で彼は、「技巧論」として連載の第二十一回において「技巧」について論じている。「技巧論」に先んじて、漱石は自己の立脚地としての、人間存在についての議論を繰り広げている。まず、「私」（「文芸の哲学的基礎」による。以下、断りのない限り同じ。）と「貴方方」が存在し、その間の距離を示すものとして「空間」、講演の経過を起こすものとして「時間」が存在し、自分がこの講演を引き受けるに至った「因果」が存在すると確認している。その上で「不通俗に考へて見ると」、「私」の正体とはいかにも不明瞭なものであると述べている。「痒いときには掻き、痛いときには撫でる此身体が私かと云ふと」そうではなく、それらは「便宜の為に手と名づけ足と名づける意識現象と、痛い痒いと云ふ意識現象」にすぎない。「要するに意識はある。又意識すると云ふ働きはある」、そして「普通に私と称して居るのは客観的に世の中に実在して居るものではなくして、只意識の連続して行くものに便宜上私と云ふ名を与へた」と説明している。漱石は人間存在とは至って不明瞭なわかりにくいものであるが、「意識」の存在だけは明瞭な事実であり、「此意識の連続」を「命」と呼ぶと説明している。漱石が言うには、「意識の連続」において、意識の内容と連続の順序という二つの問題が提起される。ということは、「意識の連続」は、いかなる内容をいかなる順序に連続させるかという「選択」の如何を必ず孕んでくるということであるという。人間はよりよく生きたいという希望を生まれながらに持っているが、この希望が「選択」に際しての基準となってくる。そして、人によって違う「選択」の基準を漱石は「理想」という言葉で呼んでいる。

次に話が文芸家にうつる。漱石の解釈では、文芸家はいかに生きるべきかという問題を突きつけられて、その答案を人に示さなければならない立場にある。ここで、その答案をわかりやすく人に示すために必要になってくるのが「技巧」であるという。(4) そして「技巧」は「普通は思想をあらはす、手段だと云ひますが、其手段によつて発表される思想だからして、思想を離れて、手段丈を考へる訳には行かず、又手段を離れて思想丈を拝見する訳には無論行きません」、煎じ詰めると「どこ迄が手段で、どこからが思想だか甚だ曖昧になる」、と「思想」との関係を説明している。さらに漱石は、この両者の関係をシェイクスピアとデフォーの表現を引用して巧みに説明している。

① Uneasy lies the head that wears a crown.（「冠を戴く頭は安きひまなし」—日本語訳はその後の説明の文脈の中で漱石によって付与されたものであり、②においても同じ—中村注）

② Kings have frequently lamented the miserable consequences of being born to great things, and wished they had been placed in the two extrems, between the mean and the great.（「高貴の身に生れたる不幸を悲しんで、両極の中、上下の間に世を送りたく思ふは帝王の習ひなり」）

①を解説して漱石は、「帝王が年中（十年でもよい、二十年でもよい。苛も彼が位にある間丈）の身心状態を、

長い時間に通ずる言語であらはさないで、之を一刻につゞめて示して居る」、「そこが一つの手際」であると評している。「uneasy」は、視覚的な状態での落ち着かなさを示す語である。帝王の落ち着かない状態が、この語によって一瞬の裡に脳裏に印象づけられ、さらに王の象徴である冠を戴く頭をイメージさせることで、視覚的な印象を強めている。漱石はこの文章を、「あたかも肉眼で遠景を見ると漠然として居るが、一たび双眼鏡をかけると大きな厖大なものが奇麗に縮まつて眸裡に印する様なもの」であり、「此双眼鏡の度を合はして呉れる」かのような手際こそが、私たちが彼の文章を「詩的だと感ずる所以」であるとしている。もう一方のデフォーの文章⑵と比較してみると、「もし技巧がなければ折角の思想も、気の毒な事に、左程な利目が出て来ない」、「思想が同じいのに是程な相違が出るのは全く技巧の為めだ」という漱石の説明はよく理解できる。シェイクスピアは、向けるべき視点を示し、整理した形で状況を訴えかけてくれるのに対し、デフォーの文章は自分で状況を想像してさらに整理して頭に入れなければならない。二人の筆者の意図したところはそれほど違わないとしても、受け取る読者の側からは大きな違いの生じることとは必至であり、適切な「技巧」が結果として内容を決定付けていることになる。

「文芸の哲学的基礎」をもう少し読み進めると、「第二十四回　技巧論（四）――理想を含みたる技巧」（以下、断りのない限り引用はこの回による。）と題された部分では、「技巧」の質について二つに区別して論じている。漱石は美術学校の学生である聴衆に向けて、語りかける。「あなた方の方では人間を御かきになるときはモデルをお使ひになります、草や木を御かきになるときは野外もしくは室内で写生をなさいます」と断った上で、その効能として得られる点は二通りになると前置きしている。「一つは物の大小形状及び其色合抔《など》について知覚が明瞭になりますのと、此明瞭になつたものを、精細に写し出す事が巧者に且つ迅速に出来る事」、「二は之を描き出すに当つて使用する線及び点が、描き出される物の形状や色合とは比較的独立して、それ自身に於て、一種の手際を帯びて来る事」の二通りであると説明する。かりにここで前者をａと、後者をｂと呼ぶことにする。ｂの説明から見てみると、「技術であり且つ理想をもあらはして居る」とされており、「之に対して鑑賞の眼を恣《ほしいまゝ》にすると、それぐに一種の理想をあらはして居る、即ち画家の人格を示して居る、為めに大なる感興を引く事が多い」と述べている。そして「一線の引き方でも、(其一線丈では画は成立せぬにも関はらず) 勢ひがあつて画家の意志に対する理想を示す事も出来ますし、曲り具合が美に対する理想をあらはす事も出来ますし、又は明瞭で太い細いの関係が明かで知的な意味も含んで居りませうし、或は婉約の情、温厚な感を蓄へる事もあり」、「かうなると線と点丈が理想を含む様に」なると例を引いて説明している。「この技巧はある程度の修養につれて、理想を含蓄して」くるものであり、「丁度金石文字や法帖と同じ事で、書を見ると人格がわかる抔と云ふ議論」はここに由来するものであると推測している。絵画がその人の個性を表すような「理想」を表す、すなわち線や点がそれだけで「理想」を含むということである。もう一つのａ、物に対する明瞭な知覚を精細に写し出す方の「技巧」については、「全然理想と没交渉と云ふ訳には参りませんが、比較的に之とは独立したもの」であると説明している。「物をかいて、現物の様に出来上つても、知、情、意、の働きのあらはれて」いない、「何だか気乗りのしない」、「どことなく器械的」なものがあると指摘している。さらに「私の非難したいのは、此種の技巧丈で画工にならうと云ふ希望を抱く人々」であり、「無論諸君は、画工になるには此種の技巧丈で充分だと御考へになつては居られますまい」と確認した上で、画学生たちに「然し技巧を重にして研究を重ねて行かれるうちには、時によると知らぬ間に、つい此弊に陥る事がないとは限らん」と注意を促している。

　このように「技巧」を二種に分類して論じていることからすると、「技巧」というものが全面的に否定されるべきものか否かという議論ではなしに、ここでは「技巧」の質にまで踏み込んでの議論がなされていると言うことができる。

五

第二節の美術上の批評（六二頁）において、漱石は、青木繁の画を、観る者に「纏まつた一種の気分」（「文展と芸術」（十））を喚起させるとし、坂本繁二郎の画を「奥行」（同（十二））を感じさせて画中の牛が観る者を思索に誘うとし、卓越した「技巧」の産物である橋本雅邦の「竹林猫図」を、一方ですっきりと出来上がった上手さにおいては評価しつつ、私的な場では細工が目立って「大きな感」（大正二年九月二十九日付け、津田青楓宛て書簡）がないと嘆いている。本節の文学上の批評においては、真実であるとしか思えない描写を作り出す、「技巧」の上手さとともに、その作品世界全体が、自然と帰着していくような「理念」―例えば、感激や向上の道に向かわせられたり、慰藉を与えられたり、反動を感じさせられたり、喜びを感じさせられたり、というようなものの必要性を説いていた。そういった意味での、徳田秋声への物足りなさは、橋本雅邦の「竹林猫図」に対する私的な場での容赦ない酷評と同様の根を持つものであるように思われる。それに対して武者小路実篤がまだ若くその世界は「狭い」（「談話（文壇のこのごろ）」）けれども、「或る意味を書いて居る」（同前）という賛辞は、青木繁の画に対する漱石の論評の中の「手腕以外にも画に就て云ふべき事は沢山あるのだらうと思ふ」（「文展と芸術」十）という言葉を想起させる。美術の世界でも文学の世界でも、いかにも小細工をしたというように目に付かずとも、表現の効果を意図した技術というものがそこに働いていないということはありえない。表現するに足る、尚かつ個性的な「理念」（「談話（文壇のこのごろ）」）を表すために、「技巧」が余剰なく機能したとき、「小刀細工」（大正二年九月二十九日付け、津田青楓宛て書簡）と言われるような嫌みを感じさせずに、自由な大きさを持った「奥行」のある独自の世界を繰り広げ、鑑賞者に感動を与えることになる。漱石の芸術において求めたものは、その人の「知、情、意、の働き」（「文芸の哲学的基礎」「第二十四回　技巧論（四）―理想を含みたる技巧」）によって個性を表す「理想」を帯びた表現というべきものであった。美術においては青木繁や横山大観、坂本繁二郎、文学においては武者小路実篤を賞賛したのもそれゆえであった。つまり、漱石は自らの個性と結びついた「理想」を文学作品の中に表現し、読者に影響を与えることを、自らが「黒人」であるべき文学の至上の目的として心に刻んでおり、それは優れた「技巧」によってしか成しえないものであった。「文芸の哲学的基礎」における「完全なる技巧によりて、之（「理想」を指す―中村注）を実現する人を、理想的文芸家、即ち文芸の聖人と云ふのであります。文芸の聖人は只の聖人で、之に技巧を加へるときに、始めて文芸の聖人となるのであります」（「文芸の哲学的基礎」「第二十五回　理想的文芸家――還元的感化」）という文章に要約されているように、一級の文学作品は、完成された「技巧」をまって初めて実現するものであり、適切な「技巧」とは、芸術の成立、すなわち「理想」を含んだ表現を読者に伝えるための不可欠の道具であると見なされていたのである。

注

（1）初出は本文中に示した通りであるが、引用は、『復刻版趣味』（一九八六年八月　不二出版）による。以下も同じ。

（2）「評論の評論」には次のように述べられている。

併し眞《まこと》の人世人事は果して然《そ》うまく出來て居るものであらうか。吾等の見るところを以つてすれば、斷片的であり、複雑であり、統一的に出來て居ない。其處に人生の眞《しん》の味もあれば趣もある。それが眞《しん》の人生であり生活である。吾々は其のうちに觀、其のうちに感じなければならん。而して其の觀、其の感ずるがまゝを、正直にさながらに寫し出さなければならん。

（3）「文芸の哲学的基礎」の冒頭で、「余の文芸に関する所信の大要を述べて、余の立脚地と抱負とを明かにするは社員たる余の天下公衆に対する義務だらうと信ずる」と公言しているように、自己の文学上の立場を公表するという意図を文中から看取することができる。

（4）漱石は正岡子規と文学談義をたたかわせた若い時代（明治二十三年一月）に、すでに子規宛ての書簡で次のように述べている。

Best 文章 is the best idea which is expressed in the best way by means of words on paper.

第四節　「素人と黒人」をめぐって

一

　これまでのところで言及した、「素人と黒人[1]」は、冒頭に「自分は此平凡な題目の本に一種の芸術観乃至文芸観を述べたい」と宣言しているように、文芸作品の創作にも共通する理論として芸術全般についての考えを述べたものである。すでに述べたように、『行人』を完結した約二ヶ月後の、大正三年一月七日から十二日の六日間にわたって、東西の「朝日新聞」に連載された評論である。同年四月二十日から八月十一日に『こゝろ』が同じく東西の「朝日新聞」に連載されるので、年代としては『行人』と『こゝろ』の間に位置することになる。この論は、一面では「素人」賛美に貫かれた論であり、「黒人」的な「技巧」を批判する論であるとも読めるものである。本節ではこの評論で漱石の述べた芸術観を通して、彼が見直すことを求めた「素人」の芸術ということについて考えてみたい。

　そもそも、この評論に著された理論は当時の日本画の特色についての考えに端を発したものであり、それがこの評論の傾向を特徴づけることになる。

　　自分は文芸上の作品に就いて素人離れのしたさうして黒人染みないものが一番好いといふ事をよく人に云

つた。今も時時同じ言葉を繰り返してゐる。然し素人と黒人といふ意味をもつと理智的に解釈する様になつたのは、近頃諸所の展覧会で見た絵画（ことに日本画）が強い要因になつてゐる。自分の考へは最初日本画の御手際に感心し、中頃其御手際の意義を疑ひ、仕舞に其御手際を軽蔑し始めた時に漸く起つたのである。だから変化しつゝ、継続した一種の感情の骨格のやうなものである。（「素人と黒人」〔一〕より引用、以下断りのない限り同じ。）

明治四十二年の「日英博覧会の美術品」（十二月十六日、「東京朝日新聞」掲載。）でも同様の趣旨を述べた上で、「彼等は頭を使ふんぢやない、指の方が修練の結果機械的にうまく動いてくれるのである。如何にも器用だとは思ふ。然し向ふの頭が此方の頭に感応することは少い。だから手に取て能くほぢくつて見ても物足りないのである。」[2]とも述べている。すでに述べたように、「素人と黒人」の書かれた大正三年の前後は漱石が非常に日本画に親しんだ時期である。[3]その中でこのような日本画の「技巧」の精緻さと、同時にそれが空虚なものであるという感情が、「素人」と「黒人」ということを理智的に解釈する契機となったということを踏まえておきたい。そういう感を抱いていたところへ、たまたま六代目尾上菊五郎と初代中村吉右衛門という二人の俳優の来訪を別々に受ける。漱石はこの時演劇に関しての「素人」という立場から意見を述べ、その基盤とする「素人と黒人」についての解釈を説明した。にも拘わらず理解されなかった。この経験が先の理論を起草に移す直接の契機である。この契機から察すると、評論「素人と黒人」は、この時二人の芸術家に理解されなかった内容を、今度は理解しやすく説明しなければならないという気持ちが働いての起草であったはずである。しかも発表媒体が不特定多数を読者とする新聞誌上ではなおさらである。

以上、起草に至る契機を踏まえた上で、「素人」と「黒人」という言葉を漱石は具体的にどのように用いているのか整理しておきたい。漱石は初めに女性に喩えて、つまり巷でされる「黒人」の女性、「素人」の女性という言葉遣いについて説明することで読者の理解を得ようとしている。「黒人」について「第一人付が好い」（三、以下断りのない限り同じ。）、「愛想がある」、「気が利いてゐる」、「交際《つきあひ》上手で、相手を外さない」などとその特色を列挙した上で、「其特色はつひに人間の外部に色彩を添へる装飾物に就いてのみ云へる事丈である。いくら調べていくら研究しても、其特色が人格の領分に切り込む事は殆んどないのである。況して精神の核に触れるなどといふ深さは、夢にも予期する事が出来ないのである。」と述べている。このような、女性に喩えた説明をうけて、芸術における「黒人」に関して、「人間の本体や実質とは関係の少ない上面丈を得意に徘徊してゐるやうに思はれる」とし、「彼等の特色は彼等に固有のものではない、誰でも真似の出来る共有的なもの」であり「黒人」になるのに「必要なのは練習と御凌丈で、其外殆んど何にも要らない」、「要するに黒人の誇りは単に技巧の二字に帰着して仕舞ふ。」と述べている。つまり漱石は、「黒人」というものは一見人の尊敬を受けるように見えるけれども、その存在を支えるのは「技巧」であり、それはいわば「黒人」の女性が客の男性を惹きつけるために身につける手練手管と同じようなもので、誰にでも真似のできる表面的なものでしかないと述べているようである。一方の「素人」については次のように述べている。

腹の空しい癖に腕で掻き廻してゐる悪辣がない。器用のやうで其実は大人らしい稚気に充ちた厭味がない。だから素人は拙を隠す技巧を有しない丈でも黒人より増しだと云はなければならない。（四）

右に先んじて、良寛の例を挙げている。

良寛上人は嫌いなもの〻うちに詩人の詩と書家の書を平生から数へてゐた。詩人の詩、書家の書といへば、本職といふ意味から見て、是程立派なものはない筈である。それを嫌ふ上人の見地は、黒人の臭を悪む純粋でナイーヴな素人の品格から出てゐる。心の純なるところ、気の精なるあたり、そこに摺れ枯らしにならない素人の尊さが潜んでゐる。（同前）

このように、自らも「一寸聞くと不可解なパラドックスではある」としながらも、「俗にいふ素人と黒人の位置が自然顚倒しなければならない」（五）、「素人が偉くつて黒人が詰らない」（同前）などと、「素人」に対しては少し異様な感を与えるほどの賛辞を呈している。(4)

要するに漱石の「素人」と「黒人」という位置づけは一般とは少し違っているようである。このような「素人」と「黒人」が転倒したような感を与えるほどの「素人」賛美は、一つには「黒人」らしい「技巧」を軽蔑する心情に支えられていると思われる。一般に人々は「技巧」の善し悪しをもって芸術を評価し、その頂点、いわば選び抜かれた一部の人々が「黒人」として珍重され、収入を得る。その基準となる「技巧」を軽蔑する以上、芸術を評価する上で何か他に「技巧」に代わるものを念頭においているのであろう。それが何かということから漱石の芸術観を垣間見ることができると思われる。漱石は「拙を隠す技巧」を持たないだけでも「黒人」より「増し」だという文脈に続いて、「素人」について次のように述べる。

自己には真面目に表現の要求があるといふ事が、芸術の本体を構成する第一の資格である。既に此資格を頭の裡に認めながら、猶かつ黒人の特色を羨むのは、君子の品性を与へられている癖に、手練手管の修行をしなければ一人前でないと悲観するやうなものである。（四）

漱石は「芸術の本体」を構成するものは真面目な「表現の要求」であり、その要求が「素人」において「黒人」より純粋に所有されていると規定しているようである。「技巧」が「低級」とされる反面、「表現の要求」が「芸術の本体」を構成するもの、いわば高級とされているのである。漱石はそれを「技巧」に代わる評価の基準としているようである。

二

漱石は「単に黒人であるといふ事は、余り威張れたものではないといふ気の毒な事実を告げたい。素人でも尊敬すべきだといふ真理を首肯はせたい」（三）と述べる。漱石は「黒人」を「黒人」たらしめている「技巧」というものは誰にでも達せられると述べる文脈に続けて次のように言う。

腕は芸術の凡てゞはない、寧ろ芸術界に低級な位置を占めるのが腕であると教へたい。―（中略）―黒人は此等の特色さへ発揮すればそれで充分だと思ふなら、人間は権謀術数さへ練習すればそれで沢山だと考へると同じである。誰が権謀術数で人間になれると思ふか。人間は権謀術数よりもう少し高いものである。

（三、傍線は中村による。）

興味深いことに、芸術における「黒人」の資格を問う文脈の中で、—人間になる—ということの可否が問われている。「権謀術数」だけでなく、それより高級で人間を人間として成り立たせているもの、それが芸術の根本になるという考えが示されている。芸術の表現者としての「黒人」には、「技巧」だけでなく、高度で緻密な人間としての内面性が必要であると漱石は主張しているのであると思われる。別の部分ではまた、「今の世は素人が書をかき、画を描く時代だと云つた。素人が小説を作る時代だと云つた。何故と云へば芸が是等を遺るのではない、人間が遺るのだからと云つた。」（二、傍線は中村による。）と述べている。「人間が遺る」とはそれを作る人間の内面が表現された芸術作品を通して問われるべきである、という考えを示していると思われる。要するに漱石の考えでは「素人」「黒人」の如何に拘わらず、芸術の表現においてその表現主体である人間の内面が問われるべきであるということであると思われる。

このような解釈を裏付けるものとして、当時親しく交わっていた画家の津田青楓の画についての漱石の言及を参考にできると思われる。大正二年八月漱石は青楓の画を二枚買うことにする。漱石はそれを「人に売つて上げやう」（大正二年八月十三日付け、津田青楓宛て書簡）と思っていたと述べるので、おそらく青楓への援助のつもりで買い求めたのだろう。が、気が変わって自分でそれを所有しようとする。その消息を書簡で、「あの画を味ひ得るものは天下で自分が一番だといふ気がしますから自分の宝として宅へ留めて置きたくなりました」（同前）と述べるのである。同じく青楓の画について述べた文章[5]に次のようなものがある。

私は津田青楓君の日本画をみて何時でもぢゞむさいぢやないかと云ひます。—（中略）—津田君の画には技巧がないと共に、人の意を迎へたり、世に媚びたりする態度がどこにも見えません。一直線に自分の芸術的良心に命令された通り動いて行く丈です。—（中略）—幸なことには此のぢゞむさい蓬頭垢面《ほうとうこうめん》といつた風の所に、彼の偽はらざる天真の発現が伴つてゐるのです。利害の念だの、野心だの、毀誉褒貶の苦痛だのといふ、一切の塵労俗累が混入してゐないのです。さうして其好所を津田君は自覚してゐるのです。〔津田青楓氏〕

漱石は「ぢゞむさい」青楓の画に、偽らない「天真の発現」を見出している。自分が一番彼の画を味わいうるという漱石の自負心は、津田青楓の「偽はらざる天真」を理解しているという、現実生活上の親密な交際の上に抱かれたものであると考えることができる。漱石は青楓の、画を職業とする画家でありながらも画に関して人の意を迎えず、人に迎合しない人柄を好んでいた。画を職業とする以上売れる画を描こうとして当たり前である。にもかかわらず彼はそれをせず、当然の結果として「いや君はえらいところにゐるんだなあ。[6]」と漱石に言わしめるほどに貧乏な暮らしに甘んじていた。漱石は芸術において、「技巧」よりも「一直線に自分の芸術的良心に命令された通りに動」く、そこに生じる人の「偽らざる天真の発現」を価値的に上位に置いていたということである。「一直線に自分の芸術的良心に命令された通りに動」くということが、とりもなおさず真面目な「表現の要求」を貫く行為であると考えることができると思われる。つまり「表現の要求」が「芸術の本体」とみなすべきものとされるのは、そこに「偽らざる天真の発現」を生じさせる、すなわち表現者の内面性がありのままに表れるからであると思われる。

さらに漱石は、「文展と芸術」において芸術と自己の関わりのあり方について述べている。以下はその冒頭である。

芸術は自己の表現に始つて、自己の表現に終るものである。――（中略）――他人を目的にして書いたり塗つたりするのではなくつて、書いたり塗つたりしたいわが気分が、表現の行為で満足を得るのである。其所に芸術が存在してゐると主張するのである。（一）

漱石はさらに冒頭の言葉を説明して次のように述べる。

自己を表現する苦しみは自己を鞭撻する苦しみである。乗り切るのも斃れるのも悉く自力のもたらす結果である。困憊して斃れるか、半産の不満を感ずる外には、出来栄について最後の権威が自己にあるといふ信念に支配されて、自然の許す限りの勢力が活動する。夫が芸術家の強味である。即ち存在である。けれども人の気に入るやうな表現を敢てしなければならないと顧慮する刹那に、此力強い自己の存在は急に幻滅して、果敢ない、虚弱な、影の薄い、希薄のものが纔《わず》かに呼息《いき》をする丈になる。（同前）

この評論において芸術は文部省という権威によって格付けされるべきでないことを強く表現する。いわばそれは自己の表現であり、本人だけが芸術作品の内容を左右する権力を持つべきであると漱石は述べる。彼の説では外的な圧力に屈せず自己を表現しようとする強い「表現の要求」と壮絶な努力が芸術を成立させ、それに対する満足が芸術の存在意義であるということである。そこで問われるのは表現者の自己のあり方である。漱石が真面目な「表現の要求」を「芸術の本体」として重視していたのはそこに表現者の人そのものが偽りなく表れるからであったと言うことができよう。

三

二でみたように、漱石は真面目な「表現の要求」によって、人の意を迎えずに自分の芸術的良心に従ったときあらわれる、表現者の人そのものを芸術において最も重要なものとみなし、「技巧」に代わる評価基準にしていた。それでは真面目な「表現の要求」によって表れる人間や彼―偽りのない自己の「天真の発現」と表現されるものの内実は具体的にはどのようなものなのか、作品を交えて考察したい。

すでに述べたように、「素人と黒人」が書かれた二ヶ月前に『行人』が完結している。『行人』の中で一郎はうまく家族に溶け込めずに苦悩を強いられる人物として描かれている。一郎の友人の「Hさん」と呼ばれる人物は懸命に彼をそういう状態から救い出そうと試みる。一郎には内密にそれを目的にした二人での旅行中、彼らは色々な話をする。その中で「Hさん」はまだ学生だった頃に書物で読んだイスラム教開祖の「モハメッド」の逸話(7)を一郎に紹介する。ある時「モハメッド」は人々に山を呼び寄せると約束し、人々に取り巻かれる中、三度号令をかけたけれども当然山は近づいては来ない。そして山を眺めて「モハメッド」は以下に引用する部分のように言う。

――「約束通り自分は山を呼び寄せた。然し山の方では来たくないやうである。山が来て呉れない以上は、自分が行くより外に仕方があるまい」。彼はさう云つて、すた〳〵山の方へ歩いて行つたさうです。

――（中略）――みんなが笑ふのに、その先輩丈は「あゝ結構な話だ。宗教の本義は其処にある。それで尽くしてゐる」と云ひました。私は解らぬながらも、その言葉に耳を傾けました。（「塵労」四十）

彼は山を呼び寄せたのではなく自分から山に近づいたのに、その二つのことを同じとみなして澄ましている。そのことを「Hさん」や彼の多くの友人は滑稽と感じるが、ある「先輩」は滑稽とはとらえない。山を呼び寄せることと自分から山に近づくこととは常識で考えると全く別のことである。けれども自分の認識の次元に限って言うと、山との距離が近づくという点で同じことであると、「モハメツド」はみなしていたと解釈できる。そして「先輩」はそこに宗教的意義を見出した。この逸話を紹介した後、「Hさん」は「何故山の方へ歩いて行かない」（同前。以下、断りのない限り同じ。）という言葉で、自分から進んで家族との和合を図るべきだと一郎を諭す。とともに彼は一郎を評して「是非、善悪、美醜の区別に於いて、自分の今日迄に養ひ上げた高い標準を、生活の中心としなければ生きてゐられない兄さんは、さらりとそれを擲つて、幸福を求める気になれないのです。」と述べる。自分は固定したものとして状況を変えようとするのではなく自分のこだわりを捨てれば楽になれるのに、自分の高さゆえにそれに執着してしまう。「Hさん」はそういう彼を理解し、自分でもせっかく高くなったものをわざわざ低い位置に下げるということに矛盾を感じつつもそれを勧める。[8] しかしながらその矛盾を一層強く感じる一郎は「Hさん」の言うように「「自分を生活の心棒と思はないで、綺麗に投げ出したら、もつと楽になれるよ」」と言われても、そうすることはできない。なぜなら彼がその標準を捨てることは自分を否定することだからである。それは次のような理由からである。「是非、善悪、美醜の区別に於いて、自分の今日迄に養ひ上げた高い標準」を彼が所有することは彼の言動に表れる。したがってそれが彼らしさの所以であり、彼を他の人と区別し「彼」たらしめているものと言えるからである。家族との不協和音を生み彼を苦しめるのはこの彼の努力によって培われてきたはずの一般の人よりも優れた標準であった。ここで芸術に話を戻すと、この区別の標準というものが「自己の表現」と言われるときの自己や「天真」の内実であり、芸術の表現において滲出すべき自己であると考えることができるのではないだろうか。同じく一郎の様子は「Hさん」の手紙の中に次のように描き出される。

　兄さんは時々立ち留まつて茂みの中に咲いてゐる百合を眺めました。一度などは白い花片をとくに指さして、「あれは僕の所有だ」と断りました。私にはそれが何の意味だか解りませんでしたが、別に聞き返す気も起らずに、とう〳〵天辺迄上りました。二人で其処にある茶屋で休んだ時、兄さんは又足の下にみえる森だの谷だのを指して、「あれ等も悉く僕の所有だ」と云ひました。二度迄繰り返された此言葉で、私は始めて不審を起しました。然し其不審は其場ですぐ晴らす訳に行きませんでした。私の質問に対する兄さんの答は、ただ淋しい笑に過ぎなかつたのです。
　—（中略）—　其時です。兄さんが突然後から私の肩をつかんで、「君の心と僕の心とは一体何処迄通じてゐて、何処から離れてゐるのだらう」と聞いたのは。（「塵労」三十六）

ここで一郎は、おなじ景色を見ていても、会話の相手である「Hさん」と自分の認識の世界は違ったものであるということを感じていたのではないのだろうか。自分の見ている百合は飽くまでも自分の見ている百合で「Hさん」の見ている百合とは違う。そう考えると、「君の心と僕の心とは一体何処迄通じてゐて、何処から離れてゐるのだらう」という問いかけが決して唐突に発せられたものではないことが理解できると思われる。つまり意識を区別する能力が違うために、それによって認識している世界自体が違っていることになる。認識している世界が違うと、当然芸術の世界においても表現するものが違ってくることになる。人は通常、それぞれの意識の区別の能力をもとにものを言ったり考えたりしており、人がものを言ったり考えたりすることにその人らしさがあらわれる。そのもとになった意識の区別の能力を、芸術の表現の際にも同じくもとにすることになる。とすると、芸術の表現にも同じ意味でその人らしさがあらわれることになるはずである。

漱石は「文芸の哲学的基礎」において美術学校の学生に色を例にとって意識の材料ということを話す。

或る評家の語に吾人が一色を認むる所に於てチチアンは五十色を認めるとあります。是は単に画家だから重宝だと云ふ許りではありません。人間として比較的融通の利く生活が遂げらるゝと云ふ意味になります。意識の材料が多ければ多い程、選択の自由が利いて、ある意識の連続を容易に実行出来る——即ち自己の理想を実行し易い地位に立つ——、人と云はなければならぬから、融通の利く人と申すのであります。(「第八回 物我対立—意識の分化作用（一）」)

ここでは、意識を区別する内容の、人による違いというものが、色を例にとって説明されている。このことが、先ほどから考えてきた、芸術の表現におけるその人らしさというものを示していると、考えることができると思われる。さらに漱石は「創作家の態度」（明治四十一年二月東京青年会館において口述。後に「ホトトギス」明治四十一年四月号〔四月一日　ホトトギス社〕所収。）という、同じく朝日新聞主催の講演の中で次のように述べる。

我々は教育の結果、習慣の結果、ある眼識で外界を観、ある態度で世相を眺め、さうして夫が真の外界で又真の世相と思つてゐる。所が何かの拍子で全然種類の違つた人――商人でも、政事家でも或は宗教家でも何でもよろしい。成るべく縁の遠い関係の薄い先生方に逢つて、其人々の意見を聞いて見ると驚ろく事があります。夫等《〔それら〕》の人の世界観に誤謬があるので驚くと云ふよりも、世の中はかうも観られるものかと感心する方の驚ろき方であります。

ここで述べられているような教育や習慣の結果培われていくような眼識や態度が、周りの世界を見る際の見方を大きく左右する、そう考えると、このような意識を区別する能力の違いによって、人それぞれ別々の認識の世界を持っているといっても過言ではないのではないかと思われる。そしてそれを芸術の表現において滲出させることが、「芸術の本体」を構成するとして漱石が評価していた、本質であったと言うことができると思われる。漱石が芸術の表現を評価する際に「技巧」に代わるものとして高い位置づけをしていたのは、真面目な「表現の要求」によって、外的な圧力に曲げられないその人らしさが表れることであった。そして、その人らしさとは、人それぞれが持っている外界を見る際の、態度のもととなる意識の内容が表出することであった。

四

この節では、「素人と黒人」という評論を取り上げた。漱石はすでに述べたようなきっかけによって、絵画の領域に関しての「素人」の立場から「素人と黒人」ということについて考え、論じていた。そして、あえてパラドックスを冒して、一般に「黒人」が「素人」よりも高く評価されることに異を唱えた。それは「技巧」よりも「表現の要求」というものを芸術において上位に置くという判断基準を以ってなされたことであった。そしてその「表現の要求」というものは表現者の人そのもの、すなわちそれまで培われてきたその人らしさを支える、意識を区別する能力の内実を表出させるものであった。それを外的な圧力によって曲げることなく発現させられるのが収入を目当てに動かない「素人」の強みであり(9)、漱石が「素人」を尊敬すべきとした所以であった。

このように「素人」ということに注目して読んでみると、「素人と黒人」という評論自体は、「素人」賛美の「黒人」批判の論であるとも読める。ただし、漱石はこの評論の中での「素人」と「黒人」という言葉の規定について最後に近い部分で次のように断っている。

茲《ここ》にいふ黒人といふのは無論只の黒人を指すので、素人といふのは芸術的傾向を帯びた普通の人間をいふのである。偉い黒人になれば局部に明らかなと同時に輪郭も頭に入れてゐる筈であるし、詰らない素人になれば局部も輪郭も滅茶々々で解らないのだから、そんな人々は自分の論ずる限ではないのである。(五)

このように、漱石は「素人と黒人」において、「只の黒人」、「芸術的傾向を帯びた普通の人間」としての「素人」、「偉い黒人」、「詰らない素人」と、二種類の「素人」と二種類の「黒人」を挙げている。そしてこの評論では、四つの中で前の二つに限定して論じていることを断っている。それは、（一）で踏まえた成立の事情に基づいて、読者に理解しやすいために、「素人」＝「表現の要求」／「黒人」＝「技巧」というような、あえて特徴を強調した図式的な論述方法をとったからである。このような制約を取り払ってしまった場合、そこでの真意は、芸術において、手段としての「技巧」よりも、目的としての「表現の要求」が重要であるということである。したがって真率な「表現の要求」を伴わない「技巧」はいくら巧みであっても評価するに足りないということである。漱石自身が追求していたものは「素人」に徹することではなく、あくまでも「素人離れのしたさうして黒人染みないもの」（「素人と黒人」二）である。漱石の規定した二つの「素人」と二つの「黒人」の関係を表で示すと（表3）のようになる。網掛け部分が評論「素人と黒人」において主に論じられているものである。漱石がこの評論で論評しなかった二つのうちで、「詰らない素人」はともかく、「偉い黒人」は表現者としての立場から重要な意義を持つと考えられるものである。本章でこれまで述べてきた論旨にそって整理すると、第二節で論じた絵画において自ら立ったものが、「芸術的傾向を帯びた普通の人間」としての「素人」の立場であり、第三節で論じた文学において希求したものが、「偉い黒人」の立場であったと言うことができると思われる。

表3

	「技巧」なし	「技巧」あり
「表現の要求」あり	「素人」＝「芸術的傾向を帯びた普通の人間」	「偉い黒人」＝「素人離れのしたさうして黒人染みないもの」
「表現の要求」なし	「詰らない素人」	「只の黒人」

注

（1）「黒人」は、現代の用字では玄人と表記されるけれども当時は「或は黒人《くろうと》上《あが》りかとも思つてみたが、下町育ちは山の手の人とは違ふ。」（二葉亭四迷『平凡』五十一〔一九〇七＝明治四十年十月三十日から十二月三十一日まで、「東京朝日新聞」に連載。〕）などのように遣われていた。また『上方語源辞典』（前田勇編　一九六五年五月　東京堂出版）では、「役者評判記の「黒吉」を黒いといい、転じてその道に通じていることにいい、その人を「くろひと」ウ音便で「くろうと」といった。これに対してその反対を「白い」といい「しろうと」という。」と説明されている。

漱石による評論「素人と黒人」については、五一頁注6前掲の加藤二郎「『明暗』論―津田と清子―」にかなり詳しく言及されている。

（2）本文に挙げた「日英博覧会の美術品」には次のようにある。

日本の美術は殆ど、手に取つて撫摩すべきものであつて、一定の距離に立つて鑑賞すべきものではない。—（中略）—大抵の出品は皆手先の器用からのみ出来上つてゐる。勿論それが日本人の長所だから結構には相違ないが、あまり器用過ぎるから、針の先で指が出来てゐるかの如き細かな仕事ばかり為終《しをほ》せてゐる。—（中略）—要するに、頭に一種の精神があつて、其精神が手を働かすのではなくつて、手の筋肉の使用法丈を繊細に呑込んだのが日本の美術家である。

（3）大正二年十二月十一日付け、寺田寅彦宛て書簡には、「画も明日はやめよう〱と思ひながら其明日がくると急に描きたくなり候」という一節がある。

（4）本文で述べたような「技巧」に関することの他にもう一点「素人」の長所として、観察が輪郭から徐々に局部へ移行することを説明して、「だから黒人は局部に明るい癖に大体を眼中に置かない変人に化して来る」（「素人と黒人」五）とも述べている。

（5）「美術新報」第十四巻第十二号（大正四年十月十一日　画報社）に掲載される。引用したのは『漱石全集』第十六巻に〔津田青楓氏〕として所収のものである。『全集』本文は、漱石の原稿をもとに翻刻したものであると、「後記」に記されている。

（6）津田青楓「訪ねて来た漱石」（『漱石と十弟子』（一九七四年七月　芸艸堂））四九頁。

（7）漱石はこの逸話について、「「マホメツト」喚山」として「不言之言」（「ホトトギス」明治三十一年十一月　ホトトギス社）においても言及している。

（8）同じく『行人』には以下のようにある。

然し天賦の能力と教養の工夫とで漸く鋭くなつた兄さんの眼を、たゞ落付を与へる目的のために、再び昧《くら》くしなければならないといふ事が、人生の上に於て何んな意義になるでせうか。よし意義があるにした所で、人間として出来得る仕事でせうか。（「塵労」三十八）

（9）「道楽と職業」（『社会と自分』〔大正二年二月五日　実業之日本社〕、『全集』後記によると、この書における表題の左側に、「明治四十四年八月明石に於て述」と注記されている、とある。）に以下のようにある。

職業といふものは要するに人の為にするものだといふ事に、どうしても根本義を置かなければなりません、人の為にする結果が己の為になるのだから、元はどうしても他人本位である、既に他人本位であるからには種類の選択分量の多少凡て他を目安にして働かなければならない、要するに取捨興廃の権威共に自己の手中にはない事になる、――（中略）――苟《いやしく》も道楽である間は自分に勝手な仕事を自分の適宜な分量でやるのだから面白いに違ないが、其道楽が職業と変化する刹那に今迄自己にあつた権威が突然他人の手に移るから快楽が忽ち苦痛になるのは已《やむ》を得ない、

第四章　『明暗』における作者の視座

――〈「私」のない態度〉の実践――

一

すでに第一章「『明暗』における「技巧」―津田とお延をめぐって―」[1]において述べたように、『明暗』は、一面において、結婚をめぐる男女の関係性を問題にした小説であると性格づけることができる。例を挙げるまでもなく、結婚後半年の津田とお延を核に、結婚生活の長い藤井夫婦、岡本夫婦、吉川夫婦が取り巻き、それぞれの生活を示し、ある時は年長者として若い新婚の二人に、結婚生活についてそれとなく語る。その他にも、結婚後数年経ったお秀と堀の夫婦、津田の元恋人の清子と関の夫婦も、津田とお延のそれぞれに自分なりのやり方で恋愛や結婚について語り、二人はその結果として自己覚醒を促される。さらに、これから結婚しようとする小林の妹お金と夫となる男、お延の従妹で小さな崇拝者である継子とその見合い相手の三好とを見守る周囲の様子が描かれる。そのような状況のただ中で、二人は自分たちの結婚生活を懸命に営む。それらを包括しつつ、『明暗』全編は日常的な生活の状況を詳細に描き出す。玉井敬之「漱石の展開　『明暗』をめぐって」[2]には、「状況の中で生起し変化するのは人間の心理であり、それが人間の関係を拘束するようにして『明暗』は進行している。」との指摘がある。生活の中で自分の状況を左右することになる相手の反応は、自分の言動によって違ったものになって出てくる。そのことを熟知した人間は、相手の反応に絶えず関心を抱き、注視し続ける。一方で、自分の言動が、相手の上に生じさせる反応を予測して、少しでも自分に都合のいい反応を導き出すべく、言動を調整する。それはつねに相手に対するある効果を期待して、話したり、行動したりすることでもある。そういったやりとりは『明暗』においては繰り返し描写され、この作品の特徴となっている。その言動はお延が自らと吉川夫人を比較する五十三章をはじめとして、「技巧」という言葉を用いて表現されている。例えば、津田とお延の繰り広げる「度胸比べと技巧比べ」（百四十七）の「暗闘」（同前）はその最たるものである。この夫婦は互いに相手に対して秘密を持つこともするし、一歩外に出れば処世のための交際術をも心得ている。お延の知らないところで、津田を抱き込んで、お延の教育の名の下（百四十二）に、夫婦関係を揺るがせるような策略が、吉川夫人によって運ばれていく。津田とお延はもちろん、この作に登場する多くの大人は「技巧」と無縁ではいられない。決して歓迎されはしないけれども、円滑な人間関係を営むために、ある時は潤滑油となり、半ば必要悪ともみなしうるという「技巧」観が、『明暗』からは、読み取ることができる。「技巧」的な意図を持った言動も、見る側の立場が違えば、好意からのみ出た親切と受け取られることもある。その逆に本人には偽りのない本心の表出と信じてなされる言動が、ほかの一面から見れば、「技巧」的な意図に満ちた言動と受け取られることもある。このような多層的な人間社会のありさまを、『明暗』という作品は読者に呈示してくれる。そして、夫婦という関係は、そのような人間同士の関係を集約したものとして、設定されているのではないかと思われる。

すでに第一章においても引用したように、漱石が読者の一人である大石泰藏[3]に宛てた、大正五年七月十九日付けの返信書簡に次のようにある。

まだ結末迄行きませんから詳しい事は申し上げられませんが、私は明暗（昨今御覧になる範囲内に於て）で、他から見れば疑はれるべき女の裏面には、必ずしも疑ふべきしかく大袈沙な小説的の欠陥が含まれてゐるとは限らないといふ事を証明した積でゐるのです。それならば最初から朧気に読者に暗示されつゝある女主人公の態度を君は何う解決するかといふ質問になり〔ま〕せう。然しそれは私が却つてあなたに掛けて見たい問に外ならんのであります。あなたは此女（ことに彼女の技巧）を何う解釈なさいますか。天性か、修養か、又其目的は何処にあるか、人を殺すためか、人を活かすためか、或は技巧其物に興味を有つてゐて、結果は眼中にないのか、凡てそれ等の問題を私は自分で読者に解せられるように段を逐ふて叙事的に説明して居る積と己惚れてゐるのです。

斯ういふ女の裏面には驚ろくべき魂胆が潜んでゐるに違ないといふのがあなたの予期で、さう云ふ女の裏面には必ずしもあなた方の考へられるやうな魂胆ばかりは潜んでゐない、もつとデリケートな色々な意味からしても矢張り同じ結果が出得るものだといふのが私の主張になります。（大正五年七月十九日付け、漱石書簡）

ここでは、人間関係における「技巧」の機能する様を描出し、その裏面、「目的」として、「技巧」が生み出される現場にまで立ち入ろうとした作者の意図というものが、明らかに示されている。漱石が大石に宛てた書簡は、『明暗』に対する自注として扱いうるものとされている。その内容が大石のどういう指摘に応じたものであったのかということから読み直されるとき、その書簡は『明暗』に込めた作者の意図を知るための一つの手がかりとなるのではないかと思われる。

二

「夏目漱石との論争」(4)と題される短い文章において、大石は漱石との書簡でのやりとりについて述べている。大石が漱石に書簡を送ったのは二回である。その一回目は、大石のこの文章によると次のような内容である。

「明暗」は津田を主人公とする第三人稱小說である。が、今日までに理解さるるところでは、作者は津田の心の中にだけは自由に立ち入り、津田が何を考へてゐるか、どういふ心持でゐるかを讀者に報告出來るといふ建前を取つてゐる。津田以外の人物では彼と同樣に重要な役割を勤めてゐる細君のお延に對してすら、この自由を保有して居らぬ。お延の考へなり、心持なりを明かにせんがためには女自身に語らせるか、でなければ、女の態度仕科《しぐさ》、表情等によつて間接に示すより外に方法はないことになつてゐる。結局、「明暗」は形式上では第三人稱小說であるけれども、實質は津田を說話者とせる第一人稱小說と異なるところがない。然るに、津田を病院に送つて置いて、お延が親戚の者と芝居見物に行く邊から、作者も津田を矢張り病院に置き去りにして、お延を追ひかけ、從來の津田付きの作者は忽ちお延付きの作者に早變りし、お延の心理を心のまゝに見透すことが出來るといふ能力乃至權利を勝手に獲得した。これは常識上ヘンではないか。お延の心理を見透して必ずしも惡いとはいはぬが、では何故に以前に夫婦差向ひでゐるやうな場合に、津田だけでなく、細君の心にも觸れることをせなんだか。「アンナ・カレニナ」ではトルストイは多くの人物の心の中に適宜に不自然でなく這入つてゐるやうだがといふことも申添へて、非難したのであつた。(傍線は中村による。）

それに対して漱石は、いささか素っ気なく、「私はあれで少しも変でないと思つてゐる丈です。但し主人公を取かへたのに就ては私に其必要があつたのです。」（大正五年七月十八日付け、漱石書簡）と述べる。その上でさらに、「アンナカレニナは第何巻、第何章といふ形式で分れてゐますが内容から云へば私の書方と何の異なる所もありません。私は面倒だから一、二、三、四、とのべつにしました。夫が男を病院に置いて女の方が主人公に変る所の継目はことさらにならないやうに注意した積です。」（同前）と説明する。大石は漱石の返答に対して不満を抱く。その不満は、「主人公のかはるところは特に目立たぬやうに作者はしたつもりかは知らぬが、私にはここが無理とも不自然とも見えたのでゐ《ママ》る。」というものである。しかしその不満を漱石に直接ぶつけることはせずに、あえて観点を変えて今度はお延の扱いについて、次のように抗議する。

　今までのところでは「明暗」の興味の中心はお延である。怜悧で、技巧に富んでゐるお延の胸の中には何があるか、この女は何を欲し、何を求めてゐるか、こういふところに、讀者——少なくとも私は最大の關心を置いてゐる。そこで作者は小説の運びの中にこれが解答を與へて呉れるのであるが、お延の心の中に這入り込まぬ方針である以上、事件の推移、その他客觀描寫の中に自らわかるやうにするといふ方法を取るに相違なく、それでこそ小説の面白さも生じ、作者の手柄もあらはれるのである。こう考へて期待してゐたところへ、案に反して作者は矢庭にお延の心の中に闖入し、女は津田に捧げてゐる愛情と同等の愛情を津田からも要求してゐる一個平凡の女性に過ぎぬといふことを作者自ら説明してしまうてはもはや興醒めではないか。これも亦小説作法の上から見て、拙劣な遣り方ではないかと無遠慮にいうたのであつた。

それに対して漱石が書き送ったのが、冒頭に引用したお延の「技巧」について説明する二回目の書簡である。漱石の返答は、お延を弁護する立場から語られたもので、お延が信用するに値する人物であるということでもって大石に応じようとしていると考えられる。二回の書簡のやりとりを通じて、大石は、「私としては解答の與へ方を問題としたのであつたが、漱石は解答の内容に失望したものと取つて、この點に最も力を入れて辯解説明してゐるやうだ。」と感じる。漱石の返答に対して、「私の問はんとしたところに對しては單に「段《だん》を逐うて叙事的に説明してゐるつもりです」というてゐるのみである。」と不満を漏らす。

二人のやりとりを整理して考えると、大石の立場は『明暗』を、第三人称小説でありながら、実質的には津田を説話者とする第一人称小説であると規定している。その規定の上に立って途中で説話者がお延に変わることが「常識上ヘン」である、とする立場に立っている。人称の区別については、例えば、明治四十二年に出版された『小説作法』(5)(一九〇九年＝明治四十二年七月四日　博文館)において、田山花袋が次のように述べている。

万物に主観的なところ、客観的なところがあると均《ひと》しく、描法にも主観的、客観的の二法がある。乃ち一人称で書く文章、『私は』と書き出して、自己の腹中を残す処なく描き出すものと、三人称で書く文章、『かれは』と作者が傍らに立つて客観的に人間と人間の社会とを描くものとの二つがある。(第三編「初学者の為めに」)

このように文章の作法を二つにわけた上で、花袋は「此の一人称小説は自己の心理を描くには、非常に便利だ。ある人間のある時の感情とか悲劇とかと《ママ》書くには、無駄を書かなくつても好いので、此法を用ゆるを便とする。」（同前）としている。大石の書簡で用いたという「一人称」、「三人称」という言葉はこのような意味に用いられているのではないかと推測される。さらに花袋は、描写の方法として、「外面描写と内面描写―描写に就いて、この二つの区別は確かにある。」（第七編「観察と描写」）と述べている。その上で「外面描写は行為だけを書いて、心理を示さうとする行き方である。即ち人生の表面に現はれた現象だけを描くに留めて置くといふ描写法である。」（同前）とし、「内面描写とは、個人個人の腹の中を探つて書くといふ行き方である。即ち行為ばかりでは満足せず、心理までも説いて、その深い処に達しやうとする描写法である。」（同前）と説明している。花袋の言葉では、主観描写が一人称で書く描写法であり、客観描写が三人称で書く描写法ということになる。ここでの立場は、一人称と三人称を明確に区別し、一人称は人物の内面に立ち入り、三人称は立ち入らない、としているものである。大石の立脚するところは、おそらく花袋のこのような文学上の立場に近いものであるのではないかと考えられる。そのような立場からは、二つの手法の混合は、いわば例外的なものであり、はっきりと視点人物が変わる『明暗』の進行は、違和感を禁じ得なかったと思われる。

三

大石の用いる「第一人称小説」、「第三人称小説」という言葉から察せられるように、大石は一作を通じて人称を固定して書くべきとみなしているようである。一方の漱石は、大石のように、厳密に人称を区別することに意味を認めなかったようである。そのことは、二回目の書簡（大正五年七月十九日付け）において吐露される、「第一の書信を受け取った私は（実をいうと）面倒なことを言ってくる人だと思いました」という率直な感想にも表れている。大石が津田に用いる、「説話者」という言葉からも明らかであるように、ここで、問題の焦点となるのは視点人物である。漱石は当初面倒だと思ったけれども、二回目の書簡の後、なぜ主人公を変えたのかという言葉の底に隠された、筋の展開に関する大石のある期待というものに思い当たる。その期待とはこうである。津田とお延が向かい合う場面において、両方の人物の心理を自由に見下ろす視点を設定せず、津田からみた世界だけを描出してきたことを、実質的には津田を視点人物とする「第一人称小説」であるから、と大石は判断した。だから、後にお延の視点を通した描写が始まると、それだったら入院前に二人差し向かいでいるときは、なぜお延の心理に立ち入らなかったのか、という疑問を抱いたのである。そしてそのゆえんを、お延に魂胆や極端さなどの隠されるべき内面があったからであり、作が進むにしたがってその内実が明らかになっていくためであると考えて、種明かしとなるべきその後の作の展開に期待を抱く。その期待への失望感がなぜ主人公を変えたのかという問いになって、作者に対して発せられたと漱石は解釈する。だからこそ、漱石はそれをただそうとして、お延の心中には何ら隠すべきものはないということを説明する。

例えば岩野泡鳴は、「現代将来の小説的発想を一新すべき僕の描写論」(6)（「新潮」第二十九巻第四号〔一九一八年＝大正七年十月　新潮社〕）において、小説の描写における作者と作中人物の関係について、大正七年に理論立てて論じている。ほぼ同時代とはいえ、漱石の死後にあたり、当然『明暗』の執筆の際に発表されていたものではないが、日本の私小説の伝統に基づいた精密な分析であり、参照に値すると思われる。そこで泡鳴は、三つの図（左頁図参照）を掲げて、作者と作中人物の関係を整理している。三つのうちの第一図の場合は、作者が直接に語

（第一図）

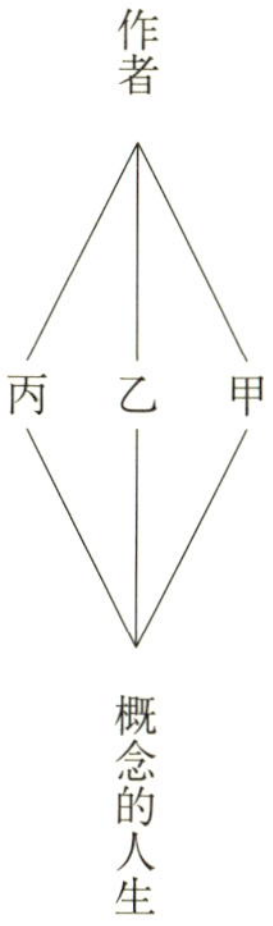

（第二図）

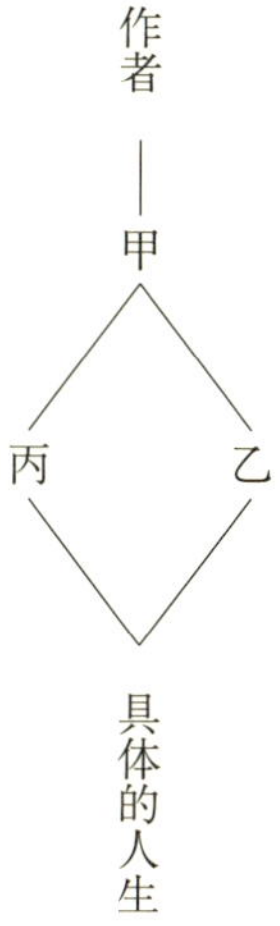

（第三図）

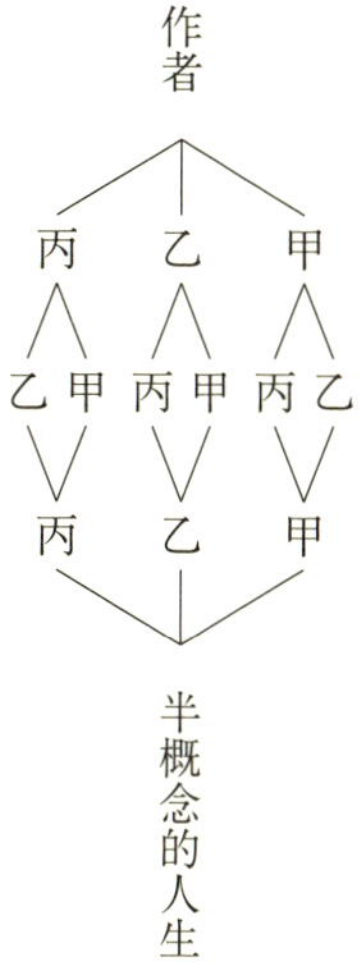

るもので、単純な鳥瞰的描写形式である。その左に挙げた第二図の場合は、三人称の形式をとりつつ、特定の主要人物（「甲」）を通して、作者が語る形式である。この場合、「作者は甲の気ぶんから、そしてこれを通して、他の仲間を観察し、甲として聞かないこと、見ないこと、若しくは感じないことは、全てその主人公には未発見の世界や孤島の如きものとして、作者は知つてゐてもこれを割愛してしまうのだ。」（岩野一二七頁注6前掲論文）という条件で、特権を制限されている。第三図は、第二図と同様に作者が視点人物を通して制限された語りを繰り広げるが、その視点人物を第二図のように「甲」一人に限ってしまわない。「甲」「乙」「丙」それぞれの人物を通して、それぞれの見た世界を提示する形式である。泡鳴の図を用いて考えると、大石の立場は、第二図の形式によって、「甲」の立場に津田をおいて、津田の内面描写による作品として、『明暗』を読もうというものである。そして大石が例に挙げる『アンナ・カレーニナ』の、「トルストイは多くの人物の心の中に適宜に不自然でなく這入つてゐるやうだ」という形式は第一図のもので、作者は外面描写で作を

展開させる中で、必要に応じて自由に登場人物の内面を語るものであると思われる。『明暗』における漱石の立場は、この中では第三図に近いものであるのではないかと思われる。すなわち、津田が視点人物（「甲」）となって一人称による内面描写が繰り広げられる時には、お延（「乙」）については、津田の目を通した外面描写に留まっており、お延の内面に立ち入ることはない。逆にお延が視点人物となって一人称による内面描写が繰り広げられる時には、津田については外面描写となって、津田の内面に立ち入ることはない。このような、視点人物が交替する多層的な構造は、おそらく大石にとっては理解の外であったと思われる。作の当初、お延は見られる対象としてだけ存在していた。漱石にしてみれば、そのお延が視点人物を務めうる資格を持つということを示すために、道徳的に信頼できる人物であるということを大石に説こうとした。それによって作品の効果が左右されると考えていたとしても無理はない。このことが「私としては解答の與へ方を問題としたのであつたが、漱石は解答の内容に失望したものと取つて、この點に最も力を入れて辯解説明してゐるやうだ」という齟齬として、大石に意識されたと考えられる。

『明暗』の作中において、津田はお延が芝居に行こうとしていることを知らないし、お延は自分が岡本家の芝居見物に呼ばれたのは、見合いの目利きのためであるということを知らない。芝居見物の席で吉川は双眼鏡でお延を見るが、裸眼のお延からは先方の詳しい様子を見知ることはできない。岡本一家は、お延と津田の夫婦関係が、お延の自負していたほどにはうまくいっていないということを知らない。お延は夫である津田が過去に深く関わった清子という女性について具体的には何も知らないし、また、吉川夫人との間で画策された津田の温泉行きの本当の目的を知らない。小林は津田の未来に関わる津田の知らない真実を知っていて、津田にはっきりとは知らせない。『明暗』において繰り広げられるのは、一面的でしかありえない人間の現実生活における認識のありようと近似した世界である。漱石の二回目の返信はお延の「技巧」の裏には何ら隠すべき魂胆はないということを説明しているように読めるものである。作者が津田の心理を解剖する自由を有しているときに、同時にお延の心理を解剖しないのは、そこに隠すべきものがあったのではない。漱石は、その書簡で「もし読者が真実は例の通り一本筋なものだと早合点をすると、小説は飛んだ誤解を人に吹き込むやうになります。」と述べる。そして、大石の立場を「今迄の小説家の慣用手段を世の中の一筋道の真として受け入れられた貴方の予期を、私は決して不合理とは認めません」と評価した上で、大石に対して今まで知らなかった真を『明暗』において示すのだという自信を誇示している。書簡だけを読むと、小説の視点に関する立脚点を異にしているので、大石からすれば、的はずれな答えのように受け取られたのは無理もない。しかし、このように考えてくると、二人の間に大きな行き違いがあったとは言えない。お延の「技巧」の裏に隠された平凡さを力説することによって大石に応じたことに、自分の主要な関心に引きつけて答えたとすると、かえって漱石の『明暗』における意図があらわになるような気がするのである。

四

『明暗』を論じるに際して、執筆中の大正五年十一月十六日の木曜会で語られた「則天去私」の言葉がしばしば問題にされてきた。周知のように漱石自身がこの言葉について書いた文献は存在せず、謦咳に接した人々のいくつかの発言が残されているのみである。[7]当然ながら、そこには、年月の経過による記憶違いや思いこみも含むであろうさまざまな発言が入り乱れている。[8]その中で最低限推定できるのは、佐々木充「『明暗』論の基底」[9]も指摘するように、「漱石没直後から十八年後にわたる木曜会関係者の複数の言に、漱石自身が「則天去私」と『明暗』とを、無関係なものとしてではなく考えていたらしいと、ほぼ断じてよいと思われる」という点である。『明暗』との関わりにおいて整理すると、『明暗』は「則天去私」の態度で書こうとした。そしてその「則天去私」の態度とは、久米正雄「生活と藝術と」[10]による、「『私』のない藝術、箇を空うすることによつて全に達すると云ふ人生観」とされるものである。そして文学の世界でその態度に立っているのはジェーン・オースティンであり、トルストイやドストエフスキーはむしろその逆の立場に立っている、ということになる。[11]要するに、『明暗』は、オースティン的な、〈「私」のない態度〉で書かれようとしたものであるということが言えると考えられる。

とすると、このような整理に基づいて、どういう態度を指して〈「私」のない態度〉とみなしていたのかを、『明暗』を解釈するに際して考えなければならないはずである。「私」のある方に挙げられたトルストイについて、森田草平「漱石先生と門下」[12]は、「作中の人物が人物自らの意志によって動かないで、作者の意志に依って無理に動かされて居る所がある。そこに作者の「私」が出ている。」と漱石が述べていたとしている。大石が例に引いたのもトルストイであったが、通常作者は公平に達観あるいは傍観し、鳥瞰的な描写を展開していく。その過程で適宜どの人物の内面にも自由に立ち入ることができる。これはいわば全知の神に近い視点に作者が立つことであり、この点について、「作者の意志に依って無理に動かされて居る」という感を述べたのではないかと思われる。オースティンについては、『漱石全集』第二十七巻の「蔵書への書込み（Austen）」に、*Pride and Prejudice*（1899）への書き込みとして所収されている次の短評がある。「完璧な人間はおらず、人間の良い所悪い所両面が出ている。」[13]、「文体は単調でどんな人間の心境を描くにもまた自然の現象を写すにも同じ調子で進んで行く。このやり方が作者自身の意図した描写の仕方である。」、オースティンに関して語られた、このような態度が、〈「私」のない態度〉の一面を示していると思われる。オースティンの小説には、完璧な人間も最悪の人間もいない。淡々と尋常の人間を描写している。そのように、平凡な人間を単純な筆遣いで書く、という小説作法を好ましいものとして評価していることがうかがえる。

『明暗』において、登場人物達が点描されているのは、きわめてありふれた社会の、きわめてありふれた状況である。(14) しかもそこで発生する事態は、病気になる、金に困る、妻に経済を偽っている、芝居に行きたいことを夫に隠している、兄妹仲が悪い、気にくわない友達がいる、など、いずれも身近にありそうなことばかりである。登場人物である津田は人間関係において「技巧」を用いる、いわば平凡な人物として設定されている。津田は、例えば、倫理というものさしに従って、厳しく自分に刃を向けることをしないし、親族や他人を多少犠牲にしても、己の利益を計ることに罪悪感を覚えはしない。お延は鋭敏であり、「技巧」的でもあるが、大石が考えたような、後の種明かしのために隠しておくような極端な魂胆を持たないという点では、やはり津田と同じく平凡な人物として設定されている。そして、三において述べたように、それぞれの場面では視点人物の主観が前に出るけれども、その視点人物は交替していく。視点人物が変わることで、結果として読者は他の登場人物の知らない事実を知ることになる。同じ事実でも、かりにその知らせ方が、作者あるいは作者の分身のささやきによってなされる場合は、その内容は一定の拘束力を持って読者の読みを左右する。しかし、ある人物を視点人物として、他の人物の知らない事実を示唆するとしたら、そこには拘束力はなく、人によって感じ方の違う、いわば、複数の「事実」が存在することになる。このように考えると、『明暗』における視点の交替は、大石宛ての書簡（大正五年七月十九日付け）で述べた、真実は「一本筋」なものではないということの、漱石なりの読者への示し方であるのではないかと思われる。

かりに、泡鳴の第一図の形式のように、作者が全知の語り手として直接作中で語る場合や、第二図の形式のように、部分的に特権を制限されながらも作者を代弁する位置を得た語り手として語る場合は、そこに「作者」の人格的な気配は漂わせられているはずである。それに較べて、第三図の形式においては、視点の多重構造によって、「作者」の人格的な気配はぐっと薄められたものとなると考えられる。数人の視点人物を組み合わせる手法は、必然的にそれぞれの見解の普遍妥当性を弱める結果になるのである。これこそが、漱石の『明暗』において試みた、作者の「私」を消すための手続きである、と考えることができるのではないかと思われる。『文学論』では、「間隔論」の名において、「幻惑」の効果に関わって、人称と視点の問題を論じることが試みられている。佐藤裕子「小説の技法—『文学論』第四編をめぐる諸問題」[15]が指摘するように、漱石の作家生活は、『吾輩は猫である』や『倫敦塔』という一人称の語りに始まって、『虞美人草』や『三四郎』で三人称の語りに移行し、『彼岸過迄』、『行人』、『こゝろ』において、一人称と三人称が混在する多元的、重層的な語りの作品群を経て『明暗』に至る。その作家生活を通して、視点の問題は手法として模索されてきた。大正五年十一月二日の木曜会で、「もう一二年後にはその世界観に基いた文學概論を大學で講義してもいゝと云ふ意」[16]を語ったことは、『文学論』で扱ったような問題について、当時『文学論』で述べ尽くさなかったことを、確信を持って講じることができるという自信の表れであると考えられる。そして『明暗』において、描写を提示し、作中に作者の影を極力映さない。作中に作者の直接的な論評を挟むことで、読者の感情を一定の方向に向けるということを避ける。さらに一歩進んで、視点人物を交替させることで、それぞれの視点人物の影響力を相殺させる。これが〈「私」のない態度〉という言葉で語られた「則天去私」の創作手法であり、『明暗』において実践しようとしたものであったと考えることができると思われる。そこに繰り広げられる世界は物事について自分の見た一面しか知り得ないという、人間の現実生活でのありようと同じである。真実は「一本筋」なものではなく、いわば、複線的で人によって違ったり、他人との関係において制約されたりするものである。そのような形での、読者が今まで考えていたのとは違った「新らしい真に接触する事が出来た」（大正五年七月十九日付け、大石宛て書簡）と感じるようなものを示そうとした。それがすなわち、漱石の目指した、作者の「私」を消す目的であったのではないかと考えられるのである。

注

（1）三五頁。
（2）『日本文学講座第六巻近代小説』（一九八八年六月　大修館書店）一二六頁。
（3）五〇頁注7《補注五》参照。
（4）「文藝懇話會」第一巻第四號（一九三六年四月　文藝懇話會）。以下、大石の発言はすべてこの文章による。
（5）『小説作法』の引用は、『定本花袋全集』第二十六巻（一九九五年六月　臨川書店）による。
（6）岩野泡鳴の図及び本文の引用は、『岩野泡鳴全集』第十一巻（一九九六年八月　臨川書店）三一三、四頁による。
（7）漱石の語った「則天去私」についての話を聴いた人々の発言は、初出の発表順に主なものを挙げると以下のとおりである。
・久米正雄「生活と藝術と」（「文章俱樂部」八號（一九一六＝大正五年十二月　新潮社）初出、ただし、後に「日記一年」（一九一七＝大正六年一月　新潮社）、「人間雑話」（一九二二＝大正十一年十月　金星堂）、『久米正雄全集』第十三巻（一九三一年一月五日　平凡社）に収録。）
・岡榮一郎「夏目先生の追憶」（一）～（五）（「大阪朝日新聞」（一九一六＝大正五年十二月二十、二十一、二

十二、二十三、二十五日」）
・森田草平「漱石先生と門下」（「太陽」〔一九一七＝大正六年一月　博文館〕初出、ただし、後に『夏目漱石』〔一九四二年九月　甲鳥書林〕、『夏目漱石』筑摩叢書90〔一九六七年八月　筑摩書房〕に収録。）
・安倍能成「夏目先生追憶」（「思潮」〔一九一七＝大正六年六月　岩波書店〕初出、ただし、後に『文藝』〔一九五四年六月　文藝社〕、『安倍能成選集』第三巻〔一九四九年二月　小山書店〕に収録。）
・松岡讓「漱石山房の一夜―宗教的問答―」（「現代佛教」〔一九三三年一月　現代佛教社〕初出、ただし、後に『漱石先生』〔一九三四年一一月　岩波書店〕に収録。）

（8）松岡陽子マックレインは「漱石とジェーン・オースティン」（『孫娘から見た漱石』〔一九九五年二月　新潮社〕一三八頁。）において、次のようにそれらの発言の共通点を三つに整理する。①「漱石は「則天去私」について死ぬほんの二、三箇月前まで話さなかった」、②「十一月十六日の最後の木曜会ではこの課題につき特に熱意を持って語った」、③「「則天去私」とは人が眼前に起こっていることを静かに見ることができる心境であり、ジェーン・オースティンはその作品の中でトルストイやドストエフスキーより「則天去私」の要素を示している、などと言った」という三点である。この整理は至当であると思われる。

（9）「国語国文研究」第八十五号（一九九〇年三月　北海道大学国文学会）九頁。

（10）久米一二七頁注7前掲論文。ただし、引用は『全集』四三七頁による。

（11）すでに佐々木注9前掲論文、九頁に次のようにある。

以上の考察から、『明暗』―「則天去私」―オースティン *Pride and prejudice* という三点構造は、ほぼ確実に成立すると考えてよいのではないかと思われる。ただし問題は残るのであって、明治三十九年四十年の交に、あらためてオーステインを深く認識したと仮定して、ほぼそのころから始まった漱石の創作活動は、ただちにオーステイン風に始ったのではないということである。むしろ漱石の作風は、オースティンと対蹠的な、いわば浪漫派から歩を起こしているのである。そして、その後約十年、漱石は徐々に変化してオースティンの「写実」に接近したのであった。

（12）森田一二七頁注7前掲論文。ただし、引用は『叢書』一一頁による。

（13）漱石による書き込みの原文は英文。日本語訳は松岡陽子マックレイン一二八頁注8前掲論文による。原文は以下の通り。

〔見返しに〕

humorous, easty

calm, serene, never excited

No page either describing nature or passion which may be called 'prose poetry', dramatic but not poetic nor romantic.

No arrant knave except Wickham, no perfect man, both sides of human nature are never lost sight of.

Little idioms, much less slang for there are no characters who use it.

The style so monotonous that it always goes at an even pace regardless of the particular phase of mind or the certain phenomenon of nature which it is the object of the author to describe adequately.

（14）『明暗』が「普通人の日常生活」を書いたものであるという指摘は、早く「時事新報」（一九一七＝大正六年二月二十日　時事新報社）五面（「文藝」欄）に、無記名の同時代評として見出せる。

本書は未完なりとて毫も其の芸術的読者的興味を減ずべきものなし何となれば本書の人物も事件も普通人の日常生活を捉へたるものにて紙数が進めばとて別に異常の浪漫的事件の開展され期待さるるものに非ればなり而も本編の内容を価値づくる第一の権威は著者が年と共に深刻細緻を極め行ける心理的分析なり（「批評と紹介　明暗（夏目漱石遺著）」）

（15）『漱石のセオリー――『文学論』解読』（二〇〇五年一二月　おうふう）一七三頁。

（16）久米一二七頁注7前掲論文。ただし、引用は『全集』四三七頁による。

Ⅲ

第一章　人間関係上の「技巧」と芸術上の「技巧」

『明暗』という作品は、人間同士の関係を取り上げた作品であり、関係の中で用いられる「技巧」について、これまで繰り返し述べてきた。博士論文を元にした本書には、博士論文の時と同様に、博士課程に入学する以前から課題として取り組んでいた、芸術上の「技巧」の問題を扱った論文をも含めた。この二つの「技巧」は、互いに似通ったところがあるのではないか、と考えてのことである。けれども、博士論文の段階では、その相似性や相違性については、言及しなかった。(1) したがって、本章では、先に述べた人間関係上の「技巧」と、芸術上の「技巧」は、どのように相関するか、考えてみたいと思う。(2)

まず、振り返ってみるに、すでに、明治二十三年一月、漱石は、正岡子規宛ての書簡に、自分の文章論を繰り広げたレポートのようなものを、同封している。その中に、「Best 文章 is the best idea which is expressed in the best way by means of words on paper.」（傍線は原文による。）という記述がある。このことからは、創作上の「技巧」の問題は、漱石がまだ若い頃、子規と馴染んだ明治二十年代の初めから、関心を持っていたものであると考えることができると思われる。そして、『明暗』の執筆前後に書かれたと推測される、大正五年「断片」七一Bには、次のような記載がある。

（一）芸術上。漸々気六づかしくなる。始め眼を喜ばせたものが仕舞には少しも芸術的に訴へなくなる。それが高じると本当に好いと思ふものは真に僅かになる。人は之を称して向上といひ当人も夫で得意である。

（二）物質上。芸術の場合と同じ。然し人は之をよく云はず。当人も成るべく之を隠さうとする。「足る事を知れや田螺のわび住居」

（三）人間の好悪の上、是も同じ事。さうして評価は（二）と同じ

（四）精神的、俗にいふ気六づかしい事、是も二の場合と同じ

此四つは論理から云へば皆〔同〕じ方向に向つて評価されべきものなるに、かく反するは第（二）（三）（四）は道徳的意義に解釈さるゝが第一と反対になるなり。道徳的とは相手に迷惑を及ぼすといふが一つ。自己に安心なきが故といふ意味二つなり。然るに自己に安心なしと云へば芸術の場合も同じかるべし故に此場合は自己〔に〕安心なき程よきものを人に給与するが故によしと見ざるべからず（芸術的向上心に道義的評価を附着すれば）。もしくは自己の安心を犠牲にしてヨリ好きものを攫まんとあせる欲望を肯定すると見ざるべからず。（此場合は如何に自分が向上したればとて他に害を及ぼさず迷惑をかけざる故凡て自己本位にて差支なしと見倣され居るなり）

（傍線は中村による。）

「贅沢」な精神は、以前と同じものでは満足できず、次第に精緻な選別を経て、つねに発達を続けなければなら

ない。その基底には差別観の発達があるはずである。ここで言及されている「贅沢」とは、定義するとすれば、差別観の発達による欲望の拡大である。（一）の「技巧」も（二）、（三）、（四）の「技巧」も、その発達の現象としては同方向である。にもかかわらず、評価のされかたは、（一）とそれ以外では正反対となると分析されている。芸術家は自己の「安心」を犠牲にして、よりよきものを創作しようとするのである。すなわち、「芸術上」は「贅沢」であればあるほどよい（プラス評価）、とされるということになる。少なくとも芸術に関しては、この「断片」はまさに、「技巧」の問題を扱っている文章であるとみなすことができると思われる。（三）、（四）においても人間関係に言及している。この記述からすると、芸術上の「技巧」という問題と、人間関係上の「技巧」ということは、関係づけて考えられていたことは確かである。したがって、この「断片」は、本章で問題としている、人間関係上における「技巧」と芸術上における「技巧」との関係を考察する上で興味深いと思われる。この「断片」においては、芸術に関する場合について、「（此場合は如何に自分が向上したればとて他に害を及ぼさず迷惑をかけざる故凡て自己本位にて差支なしと見倣され居るなり）」と説明されている。このことからすると、（二）、（三）、（四）の場合において、「自己本位」で他人に害を及ぼしたり、迷惑をかけるために、評価の方向が逆になり、「贅沢」が戒められていると解釈できる（マイナス評価）。とすると、人間関係における「技巧」の可否は、いわば、倫理上の問題として扱われていると言えるであろう。Ⅱ第一章で述べたように、人間関係における「技巧」の場合に、「技巧」を用いる動機となる目的意識の違いによって、津田とお延との「技巧」の評価を、書き分けていたことが思い起こされる。

Ⅱ第二章においてすでに述べたように、漱石は芸術においても、無「技巧」を評価しなかったけれども、同時に、「技巧」のための「技巧」を目指したのでもなかった。画家としては経験の浅い青木繁の画から伝わる「纏まつた一種の気分」(「文展と芸術」十)に感動し、横山大観の大観らしさを表す画を評価し、「技巧」の高さが前に出た橋本雅邦の画を「全然無価値」(津田青楓宛て書簡)としていた。文芸に於いても、徳田秋声を論じるに、武者小路実篤を引き合いに出して、拙いながらもまとまった、「徳田氏に見る事の出来ぬやうな、或る意味を書いて居る」(「談話(文壇のこのごろ)」)という特徴を評価した。芸術上において、「目的」と一体になった手段として、「技巧」によって表現される内容を問うたのであろう。

漱石は大正五年五月四日の「日記」に次のように記す。

○倫理的にして始めて初めて芸術的なり。真に芸術的なるものは必ず倫理的なり。

「倫理的」ということとは、内容について言われるべき言葉である。その内容において、倫理的に破綻したものは、もとより芸術的であると見なすことができない。すなわち、芸術上の「技巧」においても、「技巧」の存在を保証するには、「技巧」を用いて表現しようとする内容の評価が前提となる。表現しようとする内容の空疎である、「技巧」のための「技巧」という状態に陥っている場合や、表現しようとする内容が「倫理的」に破綻している場合は、芸術としての価値が乏しくなる。したがって、「技巧」の評価も低いものとなる。このように考えてくると、芸術上の「技巧」も、内容と密接に関わって、その倫理性が問われるということになる。この意味では、人間関係上における「技巧」と芸術上における「技巧」は、根底において繋がっていると考えることができると思われる。

注

（1）『明暗』においての、両者の関係づけの指摘は、すでに加藤二郎「『明暗』論―津田と清子―」（五一頁注6前掲論文。ただし、引用は『漱石と禅』（一九九九年一〇月　翰林書房）二〇五頁による。）に次のようにある。

「素人と黒人」そのものは絵画・書・能・文芸等の芸術に於ける素人・黒人の比較論であったとしても、その表現の問題が、例えば津田に於ける清子が一幅の「絵」として見られるという様な所からも、漱石に於ては現実の人間の在り方が外ならぬその自己表現の問題として問われていたということであり、「素人と黒人」が津田を観る漱石の内にもあったことに不可思議はない。

「素人と黒人」に於て漱石は、黒人の所以をその「技巧」の内に見、表面的・装飾的な「技巧」、その「器用」さというものの第二義性を指摘し、素人の「拙」をそれに配している。人間の「技巧」が『明暗』の大きな問題の一つでもあったことは、お延が吉川夫人の「技巧」の内に感得する「恐るべき破壊力」（五十三）、そのお延の「技巧」に「天然自然」の語を対置する小林（八十六）等々のことがある。

（2）この問題について、博士論文の提出以後に、「「技巧」と「技巧」の間」（「会報　漱石文学研究」第三号（二〇〇六年七月　漱石詩を読む会））と題した小稿において少し触れた。本章はそれを研究的に発展させたものである。

第二章　「技巧」の評価

一

『明暗』は、読者に「未知感」[1]を誘発する小説である。あれっ今までと違うぞ、と、そこが魅力になって私たちを惹き付ける。漱石の最後の作品であり、死によって未完に終わっている。さらに、作者の影を引きずった人物はこの作品には登場しない。それまでの作品においては、後期作品だけでも、『彼岸過迄』（明治四十五年一月二日から四月二十九日まで、「東京朝日新聞」、「大阪朝日新聞」に連載。）の須永市蔵、『行人』の長野一郎、『こゝろ』の「先生」と呼ばれる遺書の書き手、『道草』（大正四年六月三日から九月十四日まで、「東京朝日新聞」、「大阪朝日新聞」に連載。）の健三など、主な作のどれもが、作者の影を何らかの形で引きずっている。内省的で孤独であり、頑固であったり、大学の教師であったり、人と違う出生や育ちに苦しめられたりする人物である。彼らは、不器用なまでの潔癖さを具えて読者を惹き付ける。しかし、その潔癖さによって周囲の人物との葛藤をより多く抱え込みもする。そしてそのことで自らを責め、結果的に苦汁をなめる。『明暗』には、そのような人物は登場しない。『明暗』に登場する人物の多くは、ごく普通の生活者である。その代表である津田は、会社勤めをし、病気になり、金に困り、結婚前に付き合っていた女性に未練があり、上役夫婦に頭が上がらず、父や妹と折り合いが悪い。どこから見ても、どこにでもいそうな人物である。『明暗』の読者に与える「未知感」の中でもその点が、この作品の魅力の一つであると私は思う。魅力と言って語弊があれば、現代の私たちに共感のしやすい点であると思う。これまでこの本の中で「技巧」と呼んできた、人間関係を円滑に動かすための工夫や、作為的言動は、嫌悪されるべきものとして書かれてはいない。かと言って、その行使そのものがまるっきり肯定されているのでもない。これまで、『明暗』以前の作品においては「技巧」はどのように扱われていたのかということについては、触れないできた。ここで、簡単にではあるが、後期作品を中心に検証してみたい。

二

『彼岸過迄』においては、「技巧《アート》なら戦争だと考へた。」（「須永の話」三十一）須永市蔵の独白の中で、強い表現で「技巧」批判がされている。須永は、天真爛漫であると思っていた従妹の千代子に対して、「技巧」を認めたと思った瞬間、一転して千代子に対して嫌悪の情を感じるに到る。須永は、千代子から避暑に招待された鎌倉で高木という男と一緒になる。身内だけになったとき、千代子がその高木のことを一言も話頭に上せなかったことに、須永は故意を認めるのである。そのことは、須永によって、「鎌倉で暮した僅か二日の間に、始めて彼女の技巧《アート》を疑ひ出したのである。」（同前）と表現されている。

――僕は技巧《アート》の二字を何処迄も割つて考へた。さうして技巧《アート》なら戦争だと考へた。戦争なら何うしても勝負

に終るべきだと考へた。（同前）

この部分は漱石の作品の中でも激しい「技巧」嫌悪の一つであると思われる。一方で、須永が激しく嫉妬心を呼び起こされた高木という青年は、はじめから千代子の結婚相手の候補者とされていないことが、後に田口によって読者に知らされる（「松本の話」七）。また、「一図《いちづ》から出る女気《をんなぎ》の凝《こ》り塊《かたま》り」（「須永の話」三十五）としか思っていなかった千代子は、はっきりと須永を批判しうる（同前）知力、論理力を持っている。これらのことは、須永の一面的なものの見方が相対化されている証であると思われる。

『彼岸過迄』全体においては、「技巧」は必ずしも排除されていない。例えば、須永の母の話術は、須永の留守を待つ敬太郎の気をそらさず（「停留所」十）、不愉快にしないための配慮に満ちている。また、「世故に通じた」（「停留所」三十）という言葉で表される通り、「技巧」を巧みに用いて長年実業界をわたってきた田口と、職業を持たず、愛嬌がない（「報告」九）、すなわち、「技巧」的ではないが、「何処かおつとりして」（同前）、「楽な心持ち」（同前）を田川敬太郎に感じさせる松本とが登場する。両者を対比して描く意図は、二人を比較する須永の母の言葉や、敬太郎の言葉から明らかである。田口という人物は、敬太郎にとって、人を扱う点において「老練」（「報告」七）であるけれども、対面している間、なにかしら「窮屈な感じ」（同前）を感じさせる。須永の母からは、「見懸《みかけ》によらない実意のある剽軽者《ひょうきんもの》」（「停留所」十二）と評される。松本からは、「本来は美質」（「報告」十四）で、いたずらをしても、相手を最後まで追いつめることはせずに、際どいところでぴたりと留める（「報告」十三）とされている。一方の、松本という人物は、敬太郎にとって、話し声のうちにも懐かしみを感じさせる（同前）。その反面、松本の話は、「肝心の肉を抜いた骨組みだけを並べて見せるようで、敬太郎の血の中まで入り込んできて、ともに流れなければやまないほどの切実な勢いを丸で持つてゐなかつた。」（「報告」十一）、生きた人間らしい気がしない（「報告」十四）、と評される。これは「高等遊民」（「報告」十）として、現実と対峙していない松本の、現実との関わりの薄さを示している批評であると思われる。田口と松本の二人の比較は、一方を持ち上げて一方を卑下するという方法では、なされていない。『彼岸過迄』では、須永の強い「技巧」への嫌悪を呈示する一方で、ある時は配慮に満ちた親切として、ある時は現実と関わる際の有効な手段として、対人関係における「技巧」の性質を描き出していると言うことができる。

『行人』に登場する、長野一郎は、お世辞が嫌いである（「兄」三十一）という妻のお直の発言や、弟の二郎の「兄の性質が気六づかしいばかりでなく、大小となく影で狐鼠《こそ》々々何か遣られるのを忌む」（「兄」七）という評価からは、「技巧」的な言動を嫌悪している人物として設定されている。その一郎に、「「お前はお父さんの子だけあつて、世渡りは己より旨いかも知れないが、士人の交はりは出来ない男だ。―（中略）―軽薄児め」」（「帰ってから」二十二）と、二郎に向けた言葉において、父は露骨な軽蔑を示される。父は、この前章でも一郎によって「軽薄」（「帰ってから」二十一）と評され、ここでは二郎を介して「世渡り」の旨さを軽蔑的に批評される。その父は、二郎が下宿をして家に寄りつかなくなったあと、誰にも相談せずに、二郎を権柄づくで家に引っ張って行く。二郎は自分に対する「父の情」（「塵労」十）をありがたく感じる。「「何しろ来るが好《い》い。言訳《いひわけ》は宅《うち》へ行つて、御母《おかあ》さんにたんとするさ。己はたゞ引つ張つて行く役なんだから」」（「塵労」九）と言われながら、家に帰る。帰ってみて、父が誰にも相談せずに自分を連れに来たのだということに気付く。二郎は自分に対する父の行為を「親切」（「塵労」十）と感じ、父に感謝する。この場合の父の作為的な行為、すなわち「技巧」は、「親切」と呼ぶべき、肯定的なものであるとみなすことができると思われる。その一方で、一郎自身も、「技巧」的な言動を嫌悪している自分の潔癖さが、結果として、家族と和することを妨げていると、徐々に気づいていく。

「己は自分の子供を綾成《あや》すことが出来ないばかりぢやない。自分の父や母でさへ綾成す技巧を持つてゐない。それ所か肝心のわが妻さへ何《ど》うしたら綾成せるか未だに分別が付かないんだ。此年になる迄学問をした御蔭で、そんな技巧は覚える余暇《ひま》がなかつた。二郎、ある技巧は人生を幸福にする為に、何《ど》うしても必要と見えるね」（「帰つてから」五）

二郎に対して語られるこの言葉は一郎自身が「技巧」の必要性を感じ始めていることを示していると考えられる。さらに、「結婚をして一人の人間が二人になると、一人でゐた時よりも人間の品格が堕落する場合が多い。」（「帰つてから」六）や、「何んな人の所へ行かうと、嫁に行けば、女は夫の為に邪《よこしま》になるのだ。さういふ僕が既に僕の妻を何《ど》の位悪くしたか分らない。」（「塵労」五十一）という一郎の言葉は、結婚という共同生活における場で、あるいは夫婦という単位で社会に対する場で、「技巧」を必要悪として許容する立場を示していると考えることができる。

『こゝろ』においても、先生は結婚前のお嬢さんの、自分の気に入らない言動を「私に対する御嬢さんの技巧と見傚して然るべきものか」（「下・先生と遺書」三十四）判断に迷う。

『道草』においては、当初、「技巧」的なことを不毛と感じる健三が示されている。さらに、主に夫婦間で妻の「技巧」にいらだつ様子が描かれている。しかし亭主孝行で「それでゐて人一倍勝気な」（六十七）姉を前に、自分との類似性を見出す。

さう思ふと自分とは大変懸け隔たつたやうでゐて、其実何処か似通つた所のある此腹違の姉の前に、彼は反省を強ひられた。

「姉はたゞ露骨な丈なんだ。教育の皮を剝けば己だつて大した変りはないんだ」

平生の彼は教育の力を信じ過ぎてゐた。今の彼は其教育の力で何うする事も出来ない野生的な自分の存在を明らかに認めた。斯く事実の上に於て突然人間を平等に視た彼は、不断から軽蔑してゐた姉に対して多少極りの悪い思をしなければならなかつた。（六十七）

『道草』において、健三は、教育のない姉の「親切気」（八十六）に気付く。同時に、健三は自分が軽蔑してきた人々も、やはり自分と同じ人間であるということに気付いていく。大きな目で見たときに、自分以外の人間と自分を同じ人間として、対等性を感じるという視点が生かされていく。作中の時間が進むにつれて、妻の立場をも認め許容するように変化していく。

これまで検証してきたそれぞれの作品において、「技巧」に対する現実的な評価としては、肯定、否定の両面が示されている。それぞれの作品が、一面においては、かなりはっきりとした「技巧」批判を含んでいると言うことができる。『彼岸過迄』においては、須永の「技巧」嫌悪が示されている一方で、作品全体では「技巧」の価値を認めている。『行人』においては、一郎が、人間関係における円滑さ、あるいは、自分の幸せのための、「技巧」の必要性に気付き、許容していく過程が、断片的に示されている。『道草』においても、強い「技巧」批判とともに、次第に妻の立場を認めていく健三が描かれる。

三

これまでに見た作品にあったような形での、はっきりとした「技巧」批判、あるいは嫌悪といったものは、『明暗』にははじめから見当たらない。吉川夫人はお延の「怜悧《りこう》」（十一）さを指摘しはするが、「技巧」の手腕は、自らも勝るとも劣らない。津田とお延の夫婦の間には、「極めて平和な暗闘が度胸比べと技巧比べ」（百四十七）が演出される。津田はお延の「機略」（百五十）とも言えるものに、苦手の感を持っているけれども、それは「技巧」そのものを嫌悪した結果というよりは、自らが優位に立ちたいという「虚栄心」のためである。その証拠には、偽りのない下手に出たお延に対して、彼女に勝ったことを喜ぶ（百五十）。この作品が早い時期から、小宮豊隆「『明暗』」[2]によって、「百鬼夜行之図」（傍点は原文による。）と呼ばれる所以である。

『明暗』においては、逆に、「技巧」の介在しない関係の例も描出されている。例えば、津田とお秀の兄妹は、二人の間でだけ通用する「黙契」（九十二）として、上部を繕わず、「良心に背かない顔其儘で、面と向き合はうぢやないかといふ無言の相談」（九十二）を成立させた結果、「愛嬌のない顔」（九十二）で向き合うということになっている。また、長年生活をともにした夫婦の関係では、岡本の叔父の潔癖を知って皆が遠慮するのに、岡本の叔母が平気で夫より先に風呂にはいる（六十九）。藤井の息子で津田の甥にあたる、まだ幼い真事《まこと》は、相手の経済状況を考えずにものをねだり、津田を悩ませる（二十二）。真事と岡本の末っ子である一《はじめ》との、子ども同士のつきあいは、互いの家庭の経済の格差をさらけ出したものである（二十四）。それらが理想的な人間関係であるかというと、必ずしもそうではあるまい。「技巧」は人間同士の関係において必要なものであるが、同類的、同族的な関係や、その相手との間に積極的に関係を取り結ぼうとしない場合は、「技巧」の必要性は低くなる。逆に、一定の精神的文化的な差違のある人間同士の関係において、積極的に交わりを結ぼうとするとき、相手との関係から何か（お金であったり、就職口であったり、家庭的な幸せであったり）を期待するときに、とくに必要性が高まるものであるという性質が、『明暗』においては表現されている。

四

『明暗』は、人間関係の中での「技巧」のあり方を描写しながらも、作中に、「技巧」を裁く超越的な眼を持たない。(3)「技巧」は、人間関係のある場合において、必要なものであるということを、『明暗』の登場人物は、はじめから知っている。石崎等が、(4)「『道草』的な〈技巧〉を人間そのものの特質として積極的に活かしているのは『明暗』が初めてであること。」と述べるように、『明暗』の登場人物達は、「技巧」の必要性を自覚し、自ら「技巧」を用いることも、他人が「技巧」を用いることも許容している。

Ⅱ第一章の三では、お延の実父母への手紙における、「上部《うはかは》の事実以上の真相」（七十八）としての、虚偽性の容認について述べた。そこでは、表面に表れた虚偽性を容認するに足る、ある価値が行為の根底に見据えられていると考察した。さらに同五では、小林の見せた青年の手紙の前で、一時、時間を忘れ、「空虚な時間」（百六十五）を過ごす津田の様子について論じた。ここについては、「極めて縁の遠いものは却つて縁の近いものだつたといふ事実が彼の眼前に現はれた。」（同前）と解説されていた。『明暗』には、Ⅱ第一章で述べたように、確かに、表面的な判断、差別観というようなものを、一方で無化する視座が存在する。上田閑照「近代文学に見る仏

教思想　夏目漱石——「道草から明暗へ」と仏教」(5)に次のようにある。

このことは読者の側で言えば、そのように「我と我」が双方から描かれているその開かれた空間への開け、読者も自らの主我性からの「離れ」を、読みつつ経験し得るということである。例えば読者が夫ないし妻である場合、他者である相手から自分がどう見えるかその眼を貸与されて、自分からの「離れ」（傍線は中村による。）をいわば準「解脱」的に経験する（ただし、「読む」というエレメントにおいてだけであるが）。確かに「我《が》」だけとれば、「自然どおりに生きることを不可能にする主我的心性」と言えるが、そして「自然は不毛」と言わなければならないであろうが、「自然に背く我」と（傍点は原文による。）「自然に背く我」とが「我と我」として描かれることによって、その「と」に、双方の反自然の「我《が》」を包み浸透する「高次の自然」とも言うべきものが感じられるのである。

上田が「自分からの「離れ」」という言葉で表現したものは、相手との関係で自分が相手からどう見えるか、いわば、相手の立場に立って一歩引いて観察する。そのような経験ではないかと考えられる。この経験は、Ⅱ第一章で『明暗』にみられると述べた、表面的な判断、差別観というようなものを、一方で無化する視座と近いものであるように思われる。さらに、一歩進んで言えば、その視座が、この作品が人間関係における「技巧」を必要なものとして許容することを、保証しているのではないかと考えられる。それは、真偽や差別観を否定してしまって、無「技巧」を慫慂するものではない。「技巧」を必要なものとして認めつつ、それを含んだ差別観そのものを、一方において無化する視座が、『明暗』には存在するのである。その視座は、上田が述べる、このような

「自分からの「離れ」」というものを基盤にしていると考えることができると思われる。

それを、書く側に置き換えて考えてみると、〈書く視点の高さ〉、とでも言うことができるのではないかと思われる。「自」と「他」を同じ高さで見る視点を把持し、そこから書こうとした作者の視座が、『明暗』には垣間見えるような気がするのである。この視座の「開け」が『明暗』という作品の特色であると、私には思われる。このように考えると、Ⅱ第四章で述べたように、視点人物を入れ替える方法は不可欠なものであった。さらに、このような多層的な形式を採りえたことで、一人の視点人物の視界を絶対化することなく、それぞれの視点人物の影響力を互いに相対化させ合う。それが、Ⅱ第四章で論じた〈「私」のない態度〉であるとした。そして、その態度を可能にしたのが、このような、〈書く視点の高さ〉であったと考えられる。

石崎[6]は、「新しい思想・内容は、つねにそれにふさわしい新しい文学方法・新しい表現を必要とする。と同様に新しい人間認識をも必要とする。」と述べている。ここにおいて見る目と書く手は一つになる。すなわち、思想と手法の一体化がここにある。Ⅱ第四章の三で述べたように、『明暗』は「則天去私」の態度で書こうとした、そしてその「則天去私」の態度とは、同時に人生観上に関わる態度でもあった。そのことをもって、このような視座の「開け」が、「則天去私」であると言ってしまうことは、もちろん論拠に欠けるだろう。しかし、『明暗』におけるこの、見る目と書く手の一体化が、この作の「未知感」を保証する大きな特色である、と考えることは可能であると思われる。

注

（1）「未知感」の言葉は、吉本隆明「資質をめぐる漱石　『明暗』」（『夏目漱石を読む』〔二〇〇二年一一月　筑摩書房）一二三六頁に、次のようにある。

しかし、それだけじゃなくて、『明暗』にはひとつ特色があって、それが未知感を多様にさせるのです。漱石の作品には漱石自身のこころや理念の分身とおもえるものを幾分か投入された主人公が出てきたり、あるいはなんらかの意味で漱石の感情とか、理念を、登場人物に移入してあるわけですが、『明暗』だけはそういうことがないのです。つまり、ある意味では、漱石にとって初めての小説らしい小説を書いたというふうにもいえますし、初めて、どんな登場人物でも、相対的な目でながめるひとつの視点を獲得したともいえます。

（2）初出は『漱石の藝術』（一九四二年一二月　岩波書店）、ただし引用は『漱石作品論集成【第十二巻】明暗』（一九九一年一一月　桜楓社）一七頁。

（3）三好行雄「『明暗』の構造」（『講座　夏目漱石第三巻　漱石の作品（下）』（一九八一年一一月　有斐閣））に次のようにある。ただし、引用は、注2前掲書、二六五頁による。
すくなくとも、「明暗」の作者は〈我執〉をきびしく断罪する超越的な倫理を表にふりかざすことをもうしない。

（4）「晩年における文学の方法と思想――『道草』から『明暗』へ――　Ⅳ方法的転換――『明暗』の世界――」（『漱石の方法』（一九八九年七月　有精堂出版））二〇三頁。

（5）『岩波講座日本文学と仏教第一〇巻近代文学と仏教』（一九九五年五月　岩波書店）七五頁。

（6）注4前掲論文、一八六頁。

補注

（一）英文である原文は次の通りである。本文中の日本語訳は中村による。

—（前略）—then we have not left the world in which the status of literary language is similar to that of a natural object. This assumption rests on a misunderstanding of the nature of intentionality. "Intent" is seen, by analogy with a physical model, as a transfer of a psychic or mental content that exists in the mind of the poet to the mind of a reader, somewhat as one would pour wine from a jar into a glass. A certain content has to be transferred elsewhere, and the energy necessary to effect the transfer has to come from an outside source called intention. This is to ignore that the concept of intentionality is neither physcial nor psychological in its nature, but structural, involving the activity of a subject regardless of its empirical concerns, except as far as they relate to the intentionality of the structure.（一〇頁）

（二）英文である原文は次の通りである。本文中の日本語訳は中村による。

The structural intentionality determines the relationship between the components of the resulting object in all its parts, but the relationship of the particular state of mind of the person engaged in the act of structurization to the structured object is altogether contingent. The structure of the chair is determined in all its components by the fact that it is destined to be sat on, but this structure in no way depends on the state of mind of the carpenter who is in the process of assembling its parts. The case of the work of literature is of course more complex, yet here also, the intentionality of the act, far from threatening the unity of the poetic entity, more definitely establishes this unity.（一一頁）

（三）山田昭夫「札幌農学校生・大石泰蔵の肖像—夏目漱石と有島武郎の周辺—」（五一頁注7前掲論文）には、大石泰蔵についての詳細が、二頁から五頁に以下のように記されている。

大石の名を記した小文は二、三（後注）あるけれども、その略歴を公表したものは、略十年前、北海道ニセコ町の有島記念館（2F、現在1F）に展示してある大石の顔写真キャプション一点のみ。横書きを縦書きに改めて引照する。

〈大石泰蔵（明治21年＝一八八八～昭和13年＝一九三八）兵庫県出身、明治45年北大の前身東北帝国大学農科大学農学科卒、有島武郎の教え子。在学中「文武会々報」編集人・発行人。独立教会日曜学校の教師、社会主義研究会に参加、留寿都村の平民農場支援者。社会的実践型のプロテスタント。一時北竜村で開拓に従事、離道後、大正9年より大阪毎日新聞社々員。〉

このキャプションには『文武会々報』編集人・発行人の次ぎに「札幌遠友夜学校」とあったが、その後私の誤記と判ったので削除し、訂正して掲げた。くだくだしいが、いささか補記しておく。大石は明治21年6月11日生まれ、有島よりも十歳年少者。毎日新聞大阪支社人事課で参看し得た資料によると本籍は兵庫県出石郡出石町、士族。札幌独立教会所蔵資料によれば、大石の同教会入会は明治43年10月30日、日本基督教大阪北教会より転入、会員番号五八五番（因みに有島武郎は34年3月24日入会、四四八番）。大石が「文武会々報」編集人・発行人であったのは明治42年12月刊の58号から45年4月刊の65号までの三年間八冊。第60号（明治43年・6・8刊）の下記の「編輯部より」は、大石の記したものだろう。

〈表記画は小熊悍君の意匠より成り文字は有島先生の筆に成る。此出版（『東北帝国大学農科大学』注記・山田）に就いては編輯者等は随分忙しい思ひをした者で有島先生の御宅で徹夜したことさへある。／本号の編輯会議は五月十七日の夜同窓会倶楽部で開かれた。有島先生は話の絶間々々に萬年筆を走らせてブランドの稿をつづけてゐられる。〉

有島はこの時期、学芸部々長、学外において遠友夜学校代表者、独立教会日曜学校長、とくに後者の任に就くように説得し、承服せしめたのが学生の大石であった。そのへんの事情にふれている関連文献を二つ視野に収めておく。以下の前出文は有島武郎全集別巻所収の内田満氏編年譜の明治41年1月の一部分、後出文は独立教会所蔵の『日曜学校記録』の該当部分である。

〈十九日、札幌独立基督教会会員一同の希望、さらに、同教会会員であった農科大学学生大石泰蔵らの懇請もだしがたく、日曜学校校長就任を承諾、／二十二日、「一日も早く此教会の束縛より脱逸せんことを希」いつつも、終日教会の歴史執筆に当たる。（中略）／二十三日夜、社会主義研究会に出席してラスキンを講義。参加者―蠣崎知次郎・吹田順助。原久米太郎・逢坂信忢・末光信三・丹羽三郎・大石奏蔵・橘礼次・松尾修一。二十六日、日曜学校に出席し、新校長として生徒七十四人に挨拶（中略）〉

〈二月九日、「有島校長は今日より鳩の組の一部を受け持たる。氏の信仰の異れるためか司会をねごふたれどきかれず、大久保司会す」〉

この年、有島の日記には1月29日〈学生の大石が家まで随いて来た。〉、7月15日〈愛子、大石、やす、飯田等に手紙を書く〉と二カ所にひろえるが、7月15日の大石への出信は、夏季休暇で帰省後の大石宛の近況通知か大石からの来書に対する返信か。

明治四十二年度の資料としては十一月某日発行の印刷物『札幌独立基督教会日曜学校報告』（全集別巻収録）があって、この年度校長の有島は女子菊之組担任を兼ね、大石は女子菫之組担任兼会計係。二人の親密な関わりは農科大学の内外において当然の状況にあったといってよい。大石は学内の美術愛好者の団体「黒百合会」と遠友夜学校の篤志教師のメンバーではなかったが、有島あるところに大石あること多く、大石あるところに有島あること多しと見えてくるほどに接触面が多かったことは否めず、この両者の間柄は並みの師弟関係、先輩・後輩関係を越えるものであったらしい。知名度からいえば、かような関係で真ッ先に挙げるべきであるのは、おそらく作家兼経済学者となる早川三代治であろう。また無名の道を歩んだ大石に先んじて、哲学者大島豊・北大名誉教授の渡辺侃《ただし》・福士貞吉・中島九郎、あるいは科学ジャーナリストの原田三夫、北大予科生に〈神様のように〉慕われていたと伝えられている鈴木限三（『星座」《ママ》の園のモデルと目される）、さらに「宣言」の秀才学生Bのモデルとされている植物病理学者松本魏等の教え子たちを想起する人が少なくないであろうが、明治四十一年一月から大正四年三月末までの後期札幌時代の教師としての有島の伝記上、最も接点が多く、しかも有島の文学活動に直接関わっていた人物は大石泰蔵であるといわなければならないようである。そういう私の推定を裏打ちしている証跡を瞥見しておく。まず有島自記のもの、大正三年一月六日付け足助素一宛書簡の一節。

〈「お末の死」が気に入って嬉しかった。花袋があの作を見て災厄といふものの不思議な道行が自然に暗示せられて居ると云ってくれたのは嬉しい評の一つだと思った。僕はあの晩あれを書き続けて朝の三時頃に恐ろしい様な淋しさに襲われてハンケチがずぶ濡れになる程すゝり泣いた。隣りに寝てゐる大石に気取られはしまいかと思って心配した。それがあの作をあれ丈にしてくれたのだと思ってゐる。〉

現在、札幌市北区北28条東4丁目の通称大学村から、南郊藻岩山麓〈芸術の森〉の正門近く右手の場所に移築され、改装保存されている旧有島邸（在世時は、札幌南北12条西3丁目）で「お末の死」（「白樺」大正3・1）が執筆されたのは、その前年十一月中か十二月初旬だろうと推測されるが、とにかくこの短篇の執筆中に自室書斎隣室に大石を泊めていたのである。何か辞去を促しがたい事情があったのかも知れないが、作家の神経のありようとしては、着稿予定の折りには他人を引き止めないのが普通ではあるまいか。当時の大石の住所は不明ながら、下宿か恵迪寮か。有島の自宅は北大界隈といってよく、「文武会々報」の編集その他で夜おそくなった時など、有島家には北大生の書生（たとえば前記の松尾修一。松本魏も三カ月同居していたことがある）もいたが、大石は有島にすすめられるままに、無遠慮に寝泊りすることがままあったらしいことは推察するに難くない。

大石の六期後輩だが、北大名誉教授・渡辺侃（昭和47・6・30死去）の証言「有島先生の面影／予科生時代を回顧して」（「北海道新聞」昭和35・6・10）には以下のような見逃がせない部分がある。

〈大石泰三《ママ》は生徒時代から中央の文学者や社会主義者との交際があって、有島先生などとは対等のつきあいであった。白皙長身の人で、トルストイやバーナードショウのように菜食主義を奉じた。卒業後官途や実業につくのをきらって、雨竜の山奥で農業経営をはじめたが、資全に困り、株式に手を出し、ついに土地をなくし、のち新聞記者などをやったが社会に名は出なかった。〉

この証言者渡辺侃は大石の六期後輩だから大石を直接知っていたわけではない。私見では有島日記と周辺人物からの伝聞と想像が入り混じっていると思われるが、その想像の成因が全く無根拠、諮意に偏している浮説とも断じがたい点がある。たとえば大石の明治四十年代の学生時代のおける〈中央の文学者や社会主義者との交際〉の実情如何という問題があぶり出されてくるのだが、有島武郎による中央文人への紹介の可能性はそれほどないとしても、社会主義研究会メンバーの先輩による中央社会主義者への紹介・面接は不自然な推測でなはい。大石は伝統ある「文武会々報」の編集人として、学内事情の推移と時代思潮の相関、それへの鋭い感度と見識を備えねばならず、読者学生に対する見識の指導性の矜持の強さも、六期後輩渡辺侃の言句に感じられる。したがって、教師有島武郎に対するに、臆するところなく自説を述べ、〈対等のつきあい〉ができたのであろう。多分大石は明治の知識青年たちの一つの流行現象であったともいえる名士訪問願望は人一倍激しかったかに思われる。大石が訪問し〈交際〉が可能であった〈文学者や社会主義者〉としては、平民農場・平民社の線上に木下尚江、堺利彦、片山潜、また同窓の先輩として西川光次郎が加えられる。有島が媒介すれば実弟壬生馬の線から島崎藤村が考えられるが、藤村を非常に敬重していたゆえに、「白樺」派の、自分よりかなり年少の同人たちに紹介状を書く以上につよい憚りがあったはずと考えるべきであろうか。片山潜、西川光次郎には社会主義伝導講演で来札中に会っている公算が大きいといえる理由として、吹田順助の自伝『旅人の夜の歌』（昭和34・1　講談社）に記されている回想の、吹田が平民社の秘密出版書、クロポトキンの『パンの略取』を大石を通して入手したという事実がある。
大石の札幌農学校入学は明治三十九年九月、その翌年六月二十二日、東北帝国大学が仙台に設立され、札幌農学校は大学に昇格して東北帝国大学農科大学と改称された。すなわち大石は札幌農学校の最末期、そして大学昇格最初期の農科大学に在学して明治四十五年九月に卒業したのである。その間、大石の編集した「文武会々報」に発表した有島の寄稿文は次の四篇、十二回に及んだ。

「イプセン雑感」53号（明治41・4・10）
「米国の田園生活」54号（明治41・6・10）
「日記より」54号（同前）
「日記より」55号（明治41・12・18）
「ブランド」57号（明治42・10・10）
「ブランド」58号（明治42・12・10）
　この号、〈編輯兼発行人伊藤静栄／印刷人大石泰蔵〉となっている。
「ブランド」59号（明治43・3・15）
「ブランド」60号（明治43・6・18）
「ブランド」61号（明治43・12・15）
「ブランド」62号（明治44・3・3）

なお、同論文の巻末には、「北海道新聞」に掲載された以下の四つの山田の業績が、大石に言及したものとして紹介されている。

「平民農場の興亡（上）」（一九六八年五月二四日）。

「平民農場の興亡（下）」（一九六八年五月二五日）。

ただし、右二文は後に『有島武郎—姿勢と軌跡—』（一九七三年九月　右文書院）に所収。

「日曜学校長の有島武郎—札幌独立教会で見つかった記録から—」（一九八二年八月一〇日）。

「追跡・大石泰蔵—「明暗」の自注書簡受信者—」（一九九一年一二月七日）。

（四）『夏目漱石・美術批評』（八〇頁注2前掲書、一六一頁）に、次のような新聞記事が紹介されている。

文展が生みたる画家の悲劇

細君に離婚を迫らる／牛込区市ケ谷富久町棚橋駒吉（三十七）は号を渓雲（注・別のいくつかの報道によれば、桜井雲渓ともいう）と呼び画界に入りて廿年嘗ては京都の竹内栖鳳の門に在りしことあり其後洋画を研究し横浜戸部の片辺に住み尚も研鑽を怠らざりし頃今の妻お金（二十七）を娶りしがお金は如何にもして渓雲を一代の名家たらしめんと内助に努め牛込区市ヶ谷谷町に汁粉屋を営めるお金の伯母も亦蔭ながら力になつて生活費など補助し居る内渓雲は今春二月頃より文展に出品せんと計画し苦心二百四十日、出来上つたる「谷間の緑」「秋の暮」の二枚をば受付開始の当日早朝出品したり—（中略）前祝ひの大酒宴に夜も白々明けとなりし頃付近の新聞店より新聞を買ひ求め見れどもく渓雲の名は無し渓雲の落胆は素より俥屋の女房は凹み伯母は罵りお金は腑甲斐なき人と一緒には居られぬ離縁して呉れと騒ぎ立てたり—（『東京毎日新聞』大正一・一〇・一二）。

（五）大石は「夏目漱石との論争」（一二七頁注4前掲誌）の一〇頁にあたる冒頭に、起草の理由を次のように断っている。

『明暗』に對する私の非難に答ふる作者漱石の二通の書簡を石濱純太郎君のところから發見して、昭和十年十一月九日、大阪朝日新聞が發表してしまうた。最初の漱石全集刊行の際、編纂者から提供方の交渉を受けたこともあつたが、私は謝絶した。文士が世に公にするものは通例推敲を重ねるものであるのに、書きなぐりといふわけではないが、私信を公開されることは迷惑であらうと考へたことが一つ、元來論争のための往復文書を、一方だけ公開して、一方を公開せぬといふことは片手落の不公平であると考へたことが二つ。その後、書簡は石濱君の所有に移り、秘められるともなく秘められて、遂に漱石の二十回忌に世人の眼に觸れることとなつたのである。

この手紙は漱石最大の傑作とされる「明暗」の作意に就て珍らしくも作者自身で語つたものであり、現代のリアリズム文學論にも觸れ、樣々の意味で興趣の深いものであると大阪朝日は述べてゐる。私としてはこの手紙が世に出た以上、ここに扱はるゝ問題の性質を明かにするために、當時どういふ風に漱石に抗議したかに就て語ることは必要であると思ふので、二十年來の沈默を破ることにしたい。

『明暗』研究文献目録

Ⅰ【一九一六年から一九六九年】

大塚保治　**逝ける漱石氏　大塚博士談**「大阪朝日新聞」（一九一六年一二月一一日日刊　大阪朝日新聞社）

蟹堂（高原操）　**噫夏目先生**「大阪朝日新聞」（一九一六年一二月一二日日刊　大阪朝日新聞社）、「東京朝日新聞」（同一四日日刊　東京朝日新聞社）

赤木桁平　**故漱石氏遺作『明暗』に就て＝赤木桁平氏と語る＝**「時事新報」（一九一六年一二月一五日　時事新報社）

岡榮一郎　**夏目先生の追憶（四）**「大阪朝日新聞」（一九一六年一二月二三日日刊　大阪朝日新聞社）

岡榮一郎　**夏目先生の追憶（五）**「大阪朝日新聞」（一九一六年一二月二五日日刊　大阪朝日新聞社）

中村星湖　**天に則って私を去る**「新小説　文豪夏目漱石号」（一九一七年一月　春陽堂）

無記名　**文藝消息**「時事新報」（一九一七年一月二六日　時事新報社）

無記名　**批評と紹介「明暗」（夏目漱石遺著）**「時事新報」（一九一七年二月二〇日　時事新報社）

中村星湖　**夏目漱石氏遺著明暗を讀む㈠**「時事新報」（一九一七年三月三日　時事新報社）

中村星湖　**夏目漱石氏遺著「明暗」を讀む㈡**「時事新報」（一九一七年三月六日　時事新報社）

中村星湖　**夏目漱石氏遺著「明暗」を讀む**㊂　「時事新報」（一九一七年三月七日、九日〈分載〉）時事新報社）
中村星湖　**夏目漱石氏遺著「明暗」を讀む**㊃　「時事新報」（一九一七年三月一〇日　時事新報社）
中村星湖　**「明暗」と「一兵卒の銃殺」二つの作品**　「早稲田文學」一三六号（一九一七年三月　早稲田文學社）
相馬御風　**「明暗」と「一兵卒の銃殺」「明暗」を讀む**（同前）
相馬泰三　**「明暗」と「一兵卒の銃殺」『人間』を求めて**（同前）
本間久雄　**「明暗」と「一兵卒の銃殺」自分の世界と他人の世界**（同前）
赤木桁平　**「明暗」**『評傳夏目漱石』（一九一七年五月　新潮社）
石田三治　**「明暗」の戲曲的觀察**　「大學評論」第一巻第六号（一九一七年五月　大學評論社）
谷崎潤一郎　**藝術一家言**　「改造」大正九年四月號、五月號、七月號、十月號（一九二〇年四―一〇月　改造社）
宮島新三郎　**「明暗」の利己心解剖**『明治文學十二講』（一九二五年五月　新詩壇社）
松岡　讓　**「明暗」の頃**『漱石全集』月報第一九号（一九二九年八月　岩波書店）
佐々木信綱　**夏目漱石君「明暗」**『明治文學の片影』（一九三四年一〇月　中央公論社）
松岡　讓　**「明暗」の頃**『漱石先生』（一九三四年一一月　岩波書店）

小宮豊隆　**『明暗』の構成**　『漱石襍記』（一九三五年五月　小山書店）
辰野　隆　**「明暗」の漱石**　「改造」第一七巻第八号（一九三五年八月　改造社）
大和資雄　**漱石の文學論と「明暗」**　「思想」第一六二号　漱石記念号（一九三五年一一月　岩波書店）
大石泰藏　**夏目漱石との論争**　「文藝懇話會」第一巻第四號（一九三六年四月　文藝懇話會）
車引耕介　**漱石の「明暗」論争**　「讀賣新聞」（一九三六年四月二日日刊　読売新聞社）
辰野　隆　**「明暗」の漱石**　「あらかると」（一九三六年五月　白水社）
小宮豊隆　**「明暗」の材料**　「文藝春秋」第一五巻第四号（一九三七年四月　文藝春秋）
坂本　浩　**「則天去私」への道**　「文学」第五巻第七号（一九三七年七月　岩波書店）
小宮豊隆　**『明暗』**　『夏目漱石』（一九三八年七月　岩波書店）
岡崎義惠　**漱石と則天去私**　「改造」第二七巻第一〇号（一九四一年五月　改造社）
北住敏夫　**「明暗」論**　「文学」第一〇巻第一二号　特輯「漱石記念」（一九四二年一二月　岩波書店）
小宮豊隆　**「『明暗』」**　『漱石の藝術』（一九四二年一二月　岩波書店）
矢崎　弾　**則天去私と虚無**　「早稲田文學」第一一巻第二号（一九四三年二月　早稲田文學社）
滝沢克己　**『明暗』**　『夏目漱石』（一九四三年　三笠書房）
平田次三郎　**漱石の「明暗」**　「近代文学」第二巻第九号（一九四七年一二月　近代文學社）
猪野謙二　**近代文学の指標**　「思想」三月号（一九四八年三月　岩波書店）

熊坂敦子　**漱石「明暗」の女性観について**　「明治大正文学研究」四号（一九五〇年一〇月　東京堂）
唐木順三　**「明暗」の成立まで**　「明治大正文学研究」季刊七号（一九五二年六月　東京堂）
唐木順三　**漱石「明暗」の運び―続「明暗論」―**　「明治大正文学研究」季刊八号（一九五二年一〇月　東京堂）
久野真吉　**「我」の追求としてのメレディス「エゴイスト」と漱石「明暗」―続―**　「宮城學院女子大學研究論文集」二（一九五二年一二月　宮城學院女子大學文化學会）
寺田　透　**「明暗」について**　『現代日本作家研究』（一九五四年五月　未来社）
大石修平　**「明暗」試論**　「文学」第二二巻第一一号（一九五四年一一月　岩波書店）
片岡良一　**『明暗』と『虞美人草』と『猫』と『夏目漱石の作品』**（一九五五年一月　厚文社）
小宮豊隆　**『明暗』の構成**　『漱石襍記』角川文庫（一九五五年　角川書店）
唐木順三　**『明暗』論**　『夏目漱石』（一九五六年七月　修道社）
江藤　淳　**夏目漱石**　『夏目漱石』（一九五六年一一月　東京ライフ社）
荒　正人　**「明暗」の登場人物**　「国文学　解釈と鑑賞」第二十一巻第十二号（一九五六年一〇月　至文堂）
江藤　淳　**「「明暗」それに続くもの」**　『夏目漱石』（一九五六年一一月　東京ライフ社）
岩瀬法雲　**「明暗」論**　「甲南女子短期大学論叢」二（一九五七年七月　甲南女子短期大学）

内田道雄　「明暗」小論　「古典と現代」第四号（一九五八年六月　古典と現代の会）
中村草田男　「明暗」解説　「政治経済論叢」九(三)（一九五九年七月　成蹊大学政治経済学会）
江藤　淳　夏目漱石　『夏目漱石』ミリオンブックス（一九六〇年　講談社）
久野真吉　漱石「明暗」試論　「宮城学院女子大学研究論文集」一六（一九六〇年四月　宮城学院女子大学文化学会）
野間　宏　明暗・夏目漱石―長編小説の時・空の確立による日本近代文学超克へのたたかい　「国文学　解釈と鑑賞」第二十六巻第六号（一九六一年四月　至文堂）
荒　正人　明暗・夏目漱石―近代小説の美学に支えられた理知の世界（同前）
成瀬正勝　明暗・夏目漱石――肯定と否定と（同前）
分銅惇作　明暗―一―　「言語と文芸」四(一)（一九六二年一月　国文学言語と文芸の会）
分銅惇作　明暗―二（完）―　「言語と文芸」四(二)（一九六二年一月　国文学言語と文芸の会）
宮井一郎　「明暗」の主題　「群像」一七(六)（一九六二年六月　講談社）
小野芙紗子　「明暗」論　「立教大学日本文学」第八号（一九六二年六月　立教大学日本文学会）
千谷七郎　『明暗』と則天去私　『漱石の病跡―病気と作品から―』（一九六三年八月　勁草書房）
山田　晃　「明暗」　「国文学　解釈と鑑賞」第二十九巻第三号（一九六四年二月　至文堂）
岡田英雄　明暗論――余裕を中心として　「国文学攷」三五（一九六四年一一月　広島大学国語国文学

会）

相原和邦　**漱石文学における表現方法——「明暗」の相対把握について**　「日本文学」第一四巻第五号（一九六五年五月　日本文学協会）

江藤　淳　**「道草」と「明暗」**　『日本の近代文学』（一九六五年一二月　読売新聞社）

北山正迪　**漱石と「明暗」**　「文学」第三四巻第二号（一九六六年二月　岩波書店）

八木良夫　**夏目漱石論——「こころ」から「明暗」を中心に**　「日本文学」第一五巻第三号（一九六六年四月　日本文学協会）

内田道雄　**『明暗』**　「日本近代文学」第五集（一九六六年一一月　日本近代文学会）

飛鳥井雅道　**「明暗」をめぐって——夏目漱石の晩年**　「人文学報」二三（一九六七年一月　京都大学人文科学研究所）

荒　正人　**最後の小説『明暗』**　『「夏目漱石」入門』講談社現代新書101（一九六七年一月　講談社）

片岡良一　**『明暗』と『虞美人草』と『猫』と**　『夏目漱石の作品』（一九六七年一月　鷺の宮書房）

三好行雄　**〈作品鑑賞〉明暗**　『夏目漱石必携』（一九六七年四月　學燈社）

湊　吉正　**文体論の一方法について——夏目漱石「明暗」における「外的連合喩」の考察を一つの実践例として**　「千葉大学教育学部研究紀要」一六（一九六七年六月　千葉大学教育学部）

江藤　淳　**夏目漱石（全）**　『江藤淳著作集1＊漱石論』（一九六七年七月　講談社）

江藤　淳　**「道草」と「明暗」**（同前）
宮井一郎　**『明暗』論**　『漱石の世界』（一九六七年一〇月　講談社）
北山正迪　**漱石の〝レアリスム〟について――「明暗」に書き残された問題など（覚書）**「和歌山大学教育学部紀要　人文科学」一一（一九六七年一二月　和歌山大学教育学部研究紀要委員会）
内田道雄　**特集・『明暗』まで**　『日本文学の歴史一〇　和魂洋才』（一九六八年一月　角川書店）
竹盛天雄　**津田延子（お延）――「明暗」**「國文學　解釈と教材の研究」第十三巻第三号　特集・漱石文学の人間像（一九六八年二月　學燈社）
清水孝純　**草平・漱石におけるドストエフスキーの受容**　『大正文学の比較文学的研究』（一九六八年三月　明治書院）
武田宗俊　**漱石晩年の思想―則天去私と明暗―一―**「心」第二一巻第五号（一九六八年五月　心編集委員会）
山田昭夫　**平民農場の興亡（上）**「北海道新聞」（一九六八年五月二四日　北海道新聞社）
山田昭夫　**平民農場の興亡（下）**「北海道新聞」（一九六八年五月二五日　北海道新聞社）
武田宗俊　**漱石晩年の思想―則天去私と明暗―二―**「心」第二一巻第六号（一九六八年六月　心編集委員会）
山岸外史　**作品「明暗」について**　『夏目漱石』（一九六八年六月　光明社）

武田宗俊　**漱石晩年の思想―則天去私と明暗―三―**　「心」第二一巻第七号（一九六八年七月　心編集委員会）
三好行雄　**『明暗』論**　『明暗』旺文社文庫（一九六八年七月　旺文社）
滝沢克己　**『明暗』**　『漱石の世界』（一九六八年八月　創文社）
佐古純一郎　**解説**　『明暗』（一九六八年一一月　角川書店）
小手沢享子　**明暗論**　「国文鶴見」第四号（一九六九年三月　鶴見大学日本文学会）
熊坂敦子　**明暗**　「國文學　解釈と教材の研究」第十四巻第五号　特集・漱石文学の世界（一九六九年四月　學燈社）
佐伯彰一　**漱石と現代―「明暗」再読―**（同前）
内田道雄　**明暗**　「国文学　解釈と鑑賞」第三十四巻第七号（一九六九年七月　至文堂）
駒尺喜美　**「明暗」論**　「文学」第三七巻第八号（一九六九年八月　岩波書店）
石崎　等　**『道草』から『明暗』への一視点―〈自然〉と〈技巧〉をめぐって―**　「文芸と」（一九六九年一〇月　福岡女子大学）
桶谷秀昭　**自然と虚構（三）――『明暗』論**　「無名鬼」十二（一九六九年一二月　無名鬼発行所）

Ⅱ【一九七〇年から一九七九年】

加藤周一　**漱石における「現実」―『明暗』について―**　『日本文学研究資料叢書　夏目漱石』（一九七〇年一月　有精堂出版）

ヴァルドー・ヴィリエルモ　武田勝彦訳　**明暗―お延を中心に―　作品へのアプローチ**　「國文學　解釈と教材の研究」第十五巻第五号　特集・漱石文学の構図（一九七〇年四月　學燈社）

桶谷秀昭　**自然と虚構（四）――『明暗』論（続）**　「無名鬼」十三（一九七〇年五月　無名鬼発行所）

三浦泰生　**「明暗」についての一つの考察**　「日本文学」第一九巻第五号　特集・明治の文学（一九七〇年五月　日本文学協会）

バルドー・ヴィリエルモ　**『明暗』論**　武田勝彦編『古典と現代―西洋人の見た日本文学―』（一九七〇年六月　清水弘文堂）

瀬沼茂樹　**晩年　三『明暗』**『夏目漱石』UP選書51（一九七〇年七月　東京大学出版会）

遠藤　祐　**夏目漱石　それから／門／行人／こゝろ／明暗ほか**「國文學　解釈と教材の研究」第十五巻第九号（一九七〇年七月　學燈社）

飛鳥井雅道　**『明暗』をめぐって**　『近代文化と社会主義』（一九七〇年一〇月　晶文社）

石崎　等　『明暗』論の試み　「日本近代文学」第十三集　（一九七〇年一〇月　日本近代文学会）
桶谷秀昭　自然と虚構（五）――『明暗』論（完）　「無名鬼」十四　（一九七〇年一二月　無名鬼発行所）
越智治雄　明暗のかなた　「文学」第三八巻第一二号　（一九七〇年一二月　岩波書店）
三浦泰生　『明暗』における会話の復活（文学における言語　日本文学協会第二五回大会発表）「日本文学」第二〇巻第一号　（一九七一年一月　日本文学協会）
米田利昭　「明暗」論のゆくえ　（同前）
坂入征男　「明暗」「近代文学ノート」一　（一九七一年三月　中央大学国文研究室内）
高田瑞穂　『明暗』の世界―「一遍起った事」の回折―　「成城国文学論集」第三輯　（一九七一年三月　成城大学大学院文学研究科）
辻村公一　漱石の『明暗』について　「学生の読書」第十一集　特集・夏目漱石研究　（一九七一年四月　土曜会）
佐古純一郎　漱石と独我論　（同前）
西谷啓治・北山正迪・久山康（鼎談）　夏目漱石における自然　（同前）
高坂純子　『明暗』（同前）
西谷啓治　『明暗』について　（同前）
越智治雄　明暗のかなた　『漱石私論』（一九七一年六月　角川書店）

菅野昭正　**漱石の方法――「明暗」についての覚え書**　「國文學　解釈と教材の研究」第十六巻第十二号　特集・夏目漱石の手帖――漱石への視角　（一九七一年九月　學燈社）

無　記　名　**（海外文化欄）「明暗」の英訳出版**　「朝日新聞」（一九七一年一一月二六日　朝日新聞社）

荒正人・植松みどり訳　**ヴィリエルモの『明暗』論**　「國文學　解釈と教材の研究」第十七巻第五号（一九七二年四月　學燈社）

桶谷英昭　**「自然と虚構（二）――『明暗』」**　『夏目漱石論』（一九七二年四月　河出書房新社）

實方　清　**明暗**　『夏目漱石辞典』（一九七二年四月　清水弘文堂）

篠田一士　**近代小説**　山本健吉編著『日本文学《女子学生講座》』（一九七二年五月　学陽書房）

湯浅泰雄　**『道草』と『明暗』についての対話**　「実存主義」第六〇号（一九七二年六月　実存主義協会）

林かなゑ　**技巧と自然――「明暗」論ノート**　「昭和学院短期大学紀要」第九号（一九七二年一二月　昭和学院短期大学）

荒　正人　**解説**　『漱石文学全集』第九巻（一九七二年一二月　集英社）

野島秀勝　**「誠実」と「則天去私」――夏目漱石論**　『「誠実」の逆説』（一九七三年二月　冬樹社）

村上嘉隆　**『明暗』**　『夏目漱石論考』（一九七三年三月　啓隆閣）

相原和邦　**漱石文学における「実質の論理」（二）―『明暗』を中心に―**　「国語と国文学」第五十巻第三号（一九七三年三月　東京大学国語国文学会）

V・H・ヴィリエルモ　**『明暗』におけるお秀の位置**　『漱石文学全集』第十巻（小品・短篇・紀行）月報（一九七三年四月　集英社）
瀧澤克己　**「漱石文学における結婚と人生」**『瀧澤克己著作集4』（一九七三年九月　法藏館）
髙木文雄　**『明暗』の方法に関する一考察——柳の話**「女子聖学院研究紀要」（一九七三年一一月　女子聖学院）
柏木秀夫　**『明暗』（その一）——作中人物の「外」と「内」　お延と清子の造型と受容をめぐって——** *The Northern Review* 創刊号（一九七三年一二月　北海道大学英語英米文学研究会）
中村真一郎　**心理　夏目漱石「明暗」**『この百年の小説—人生と文学と—』新潮選書（一九七四年二月　新潮社）
小坂　晋　**偕老同穴の道—『道草』から『明暗』へ—**『漱石の愛と文学』（一九七四年三月　講談社）
相原和邦　**「明暗」**「現代国語研究シリーズ4夏目漱石」（一九七四年五月　尚学図書）
吉田精一　**解説**『夏目漱石全集』第十三巻（一九七四年九月　角川書店）
紅野敏郎　**市民文学の展開「文学史における大正五年の意味（一）—明治作家の結実—」**「NHK大学講座文学2　日本の近代文学」（一九七四年一〇月　日本放送出版協会）
加賀乙彦　**愛の不可能性・『明暗』—日本の長編小説（3）—**「文芸展望」秋七号（一九七四年一〇月　筑摩書房）

佐藤泰正　**「三四郎」から「門」へ―「明暗」に至る道（その一）―**　「文学」第四二巻第一一号　特集・漱石（一九七四年一一月　岩波書店）

江藤　淳　**『決定版　夏目漱石』**（一九七四年一一月　新潮社）

棒谷啓二　**漱石「明暗」の世界**　「日本文芸研究」第二十六巻第四号（一九七四年一二月　関西学院大学日本文学会）

和田利男　**第四期（『明暗』時代）**『漱石の詩と俳句』（一九七四年一二月　めるくまーる社）

伊沢元美　**「明暗」への道**「鶴見大学紀要」第十二号（一九七五年一月　鶴見大学）

山田輝彦　**「明暗」私論**「福岡教育大学紀要」第二十四号（一九七五年二月　福岡教育大学）

西田澄子　**『明暗』私論**「昭和学院短期大学紀要」第十一号別冊（一九七五年二月　昭和学院短期大学）

山下久樹　**漱石『明暗』論＝その結末と主題の解釈＝**「皇學館論叢」第八巻第一号（一九七五年二月　皇學館大學人文學會）

石関敬三　**絶対の希求―漱石晩年の思想を中心として―**「早稲田大学大学院文学研究科紀要」第二十輯（一九七五年二月　早稲田大学大学院文学研究科）

平　和代　**漱石・『明暗』論考―〈自由〉と〈孤愁〉の世界―**「国文学科報」第三号（一九七五年三月　跡見学園女子大学国文学科）

福田金光　**「明暗」の人名について―漱石の作中人物の命名法の考察―**「名古屋女子大学紀要」第二

十一号（一九七五年三月［名古屋女子大学］紀要（人文・社会編）編集委員会）
松本健一　『ドストエフスキーと日本人』（一九七五年五月　朝日新聞社）
森美穂子　『明暗』と *The Golden Bowl* 「英語青年」第121巻第5号（一九七五年八月　研究社）
野間　宏　夏目漱石の『明暗』『文学の旅　思想の旅』（一九七五年八月　文藝春秋）
荒　正人　明暗　日本近代文学館編『名著復刻　漱石文学館解説』（一九七五年一一月　日本近代文学館）
遠藤時夫　「明暗」の舞台裏――佐藤泌尿器科診療所と佐藤恒祐博士とをめぐって「国語展望」四十一（一九七五年一一月　尚学図書）
髙木文雄・佐藤泰正・相原和邦・平岡敏夫　『道草』から『明暗』へ（シンポジウム）『シンポジウム日本文学14夏目漱石』（一九七五年一一月　学生社）
佐藤泰正　漱石と鷗外――『明暗』の意義　三好行雄編『近代日本文学史』有斐閣双書（一九七五年一二月　有斐閣）
坂本　浩　「明暗」の終結―書かれざる部分の推定―「成城国文学論集」第十九輯（一九七六年一月成城大学大学院文学研究科）
鈴木志郎康　（特集　漱石と鷗外）夏目漱石の『明暗』を読んで、心理描写は危険だと感じる「現代詩手帖」（一九七六年二月　創元社）
福田金光　「明暗」の帰結について―一つの推定―「名古屋女子大学紀要」第二十二号（一九七六

年三月　〔名古屋女子大学〕紀要（人文・社会編）編集委員会）

田中博子　「明暗」の比較文学的考察――小林造型にみるドストエフスキーの影　「湘南文学」第十号（一九七六年三月　東海大学日本文学会）

森美穂子　『明暗』と *The Golden Bowl*・再説　「英語青年」第122巻第2号（一九七六年五月　研究社）

野間　宏　夏目漱石「明暗」ノート　「早稲田文学」第八次通号一（一九七六年六月　早稲田文学会）

梶木　剛　『明暗』の世界・仮構の倫理　『夏目漱石論』（一九七六年六月　勁草書房）

梶木剛・安藤久美子・大野淳一・三上公子・渡辺誠　座談会夏目漱石をどう読むか――『こゝろ』『道草』『明暗』を軸にして　「本の本」特集・夏目漱石（一九七六年八月　大阪屋東京支店）

山崎正和　『明暗』の行動　『不機嫌の時代』（一九七六年九月　新潮社）

紅野敏郎（司会）・谷沢永一・西垣勤・助川徳是・高橋春雄　『シンポジウム日本文学17大正文学』（一九七六年一〇月　学生社）

平岡敏夫　「明暗」論―方法としての「過去」への旅―　『漱石序説』（一九七六年一〇月　塙書房）

中島国彦　明暗（作品別・夏目漱石研究史）「國文學　解釈と教材の研究」第二十一巻第十五号　特集・夏目漱石――作品に深く測鉛をおろして（一九七六年一一月　學燈社）

蓮見重彦　明暗の翳り・漱石的空間の構造（同前）

江藤　淳　漱石――『こころ』以後（同前）

加賀乙彦　**愛の不可能性・『明暗』**『日本の長編小説』（一九七六年一一月　筑摩書房）

寺尾　勇　**かれくさとおもえ――夏目漱石『明暗』お延の純潔なエゴイズム**『女人黙示録―近代文学の中の女性像―』（一九七六年一一月　創元社）

斉藤英雄　**『明暗』と『倫敦塔』―内部構造の共通性を中心に―**「解釈」一一・一二月合併号（一九七六年一二月　解釈学会）

永平和雄　**「大正文学史」への一私見――「明暗」と「神経病時代」の間**「岐阜大学教育学部研究報告　人文科学」第二十五巻（一九七七年二月　岐阜大学教育学部）

辻橋三郎　**漱石『明暗』私考**「神戸女学院大学論集」第二十三巻第三号（一九七七年三月　神戸女学院大学研究所）

岡　鈴雄　**『明暗』と *The Golden Bowl*――もうひとつの関係**「英語青年」第123巻第2号（一九七七年五月　研究社）

無記名　**注釈**『明暗』改版　角川文庫（一九七七年六月　角川書店）

江藤　淳　**『明暗』**『朝日小事典　夏目漱石』（一九七七年六月　朝日新聞社）

相原和邦　**「明暗」と則天去私**　三好行雄・竹盛天雄編『近代文学４　大正文学の諸相』（一九七七年九月　有斐閣）

髙木文雄　**柳のある風景―『明暗』の方法―**『漱石の命根』（一九七七年九月　桜楓社）

鈴木志郎康　**夏目漱石の『明暗』を読んで、心理描写は危険だと感じる**　『机上で浮遊する日常的現代詩』（一九七七年一一月　思潮社）

北山正迪　**漱石「私の個人主義」について―『明暗』の結末の方向―**　「文学」第四五巻第一二号（一九七七年一二月　岩波書店）

大平綾子　**『道草』から『明暗』まで**　「日本文学論叢」第五号（一九七八年一月　法政大学大学院日本文学選考委員会）

加藤二郎　**漱石と禅―『明暗』を中心に―**　「文芸研究」第八十七集（一九七八年一月　東北大学文学部国語国文学研究室内日本文芸研究会）

倉橋由美子　**《連載》小説論ノート6　女**　「波」（一九七八年一月　新潮社）

塚越和夫　**語注『明暗』上**（一九七八年二月　講談社）

吉田俊彦　**「明暗」論**　「岡大国文論稿」六（一九七八年三月　岡山大学法文学部言語・国語・国文学研究室）

石崎　等　**漱石と〈則天去私〉**　「跡見学園短期大学紀要」第十四集（一九七八年三月　跡見学園短期大学）

西村美智子　**『道草』『明暗』にみる漱石の夫婦・女性観**　「昭和学院国語国文」第十一号（一九七八年三月　昭和学院短期大学国語国文学会）

水上智恵　夏目漱石小論『明暗』について（同前）
荒木伸子　夏目漱石と「明暗」「文学批評」第八号（一九七八年三月　大阪市立大学文学論研究会）
平岡敏夫　解説『明暗』下（一九七八年三月　講談社）
塚越和夫　語注『明暗』下（一九七八年三月　講談社）
三好行雄・石井和夫・石崎等・大野淳一共同『明暗』と則天去私「國文學　解釈と教材の研究」第二十三巻第六号　特集・夏目漱石　出生から明暗の彼方へ（一九七八年五月　學燈社）
重松泰雄　漱石は『明暗』の筆をそのあとどう続けようとしたのか（同前）
井上百合子　漱石の女性（＝近代文学史の諸問題）〈日本の近代文学〉『日本の近代文学作家と作品吉田精一博士古希記念』（一九七八年一一月　角川書店）
並木　俊　思考型人間の苦悩――『明暗』にいたる道「国文学　解釈と鑑賞」第四十三巻第十一号特集・夏目漱石〈その虚像と実像〉（一九七八年一一月　至文堂）
山本さくら『明暗』論「教育国語国文学」第六号（一九七八年一一月　早稲田大学教育学部国語国文学会刊行委員会）
堀井哲夫『明暗』論「国語国文」第四十七巻第十二号（一九七八年一二月　京都大学国文学会）
丸山亜矢　漱石小論――「明暗」について「昭和学院国語国文」第十二号（一九七九年三月　昭和学院短期大学国語国文学会）

佐古純一郎　**『明暗』における「天然自然」について**　「二松学舎大学人文論叢」第十五輯（一九七九年三月　二松学舎大学人文学会）

坂本　浩　**「明暗」の終結―書かれざる部分の推定―**　『夏目漱石―作品の深層世界―』（一九七九年四月　明治書院）

横山恵子　**『明暗』論**　「日本文芸研究」第三十一巻第二号（一九七九年六月　関西学院大学日本文学会）

加賀乙彦　**夫婦の秘密**　『私の宝箱』（一九七九年七月　集英社）

桶谷秀昭　**夏目漱石**　三好行雄編『近代小説の読み方（二）』有斐閣新書（一九七九年九月　有斐閣）

Ⅲ【一九八〇年から一九八九年】

重松泰雄「明暗」――その隠れたモチィーフ「別冊國文學」No.5'80冬季号 竹盛天雄編「夏目漱石必携」（一九八〇年二月 學燈社）

中島国彦「道草」「明暗」（同前）

重松泰雄 夏目漱石「明暗」のお延「國文學 解釈と教材の研究三月臨時増刊号」第二十五巻第四号臨時号（一九八〇年二月 學燈社）

大塚三郎 最後の漱石詩「二松学舎大学人文論叢」第十七輯（一九八〇年三月 二松学舎大学人文学会）

大地武雄 漱石晩年の漢詩と陶淵詩（同前）

金子みすゞ 漱石・『明暗』試論――ひきさかれた自己の光と影「国文学科報」第八号（一九八〇年三月 跡見学園女子大学）

相原和邦 漱石文学における相対把握―『明暗』―『漱石文学』塙選書87（一九八〇年七月 塙書房）

相原和邦『明暗』と則天去私（同前）

相原和邦 漱石作品の文体を分析する『明暗』「國文學 解釈と教材の研究」第二十五巻第十号（一九八〇年八月 學燈社）

藤沢るり　出合いと沈黙―「明暗」の最後半部をめぐって―　「国語と国文学」第五十七巻第九号（一九八〇年一〇月　東京大学国語国文学会）

西脇良三　漱石と則天去私――自己本位から自己　「愛知学院大学論叢　一般教育研究」第二十八巻第二号（一九八〇年一一月　愛知学院大学）

松元　寛　『明暗』の世界　「歯車」第三十二号（一九八一年一月　歯車発行所）

岡部　茂　漱石と「明暗」の世界　「高校通信東書国語」第二百五号（一九八一年三月　東京書籍）

飯田利行　漱石の『明暗』を読む　「専修国文」第二十八号（一九八一年三月　専修大学国語国文学会）

薗田美和子　漱石とジェイン・オースティン――『明暗』と『分別と多感』の場合　津田塾大学「文学研究」同人編『ジェイン・オースティン――小説の研究』（一九八一年四月　荒竹出版）

磯田光一　新住まいの読本③洋間の女　「読売新聞夕刊」（一九八一年五月一六日　読売新聞社）

井上百合子　近代文学史における『明暗』「国文学　解釈と鑑賞」第四十六巻第六号　特集・夏目漱石表現としての漱石（一九八一年六月　至文堂）

飯田利行　『明暗』解析の鍵を握る漢詩（同前）

相原和邦　『明暗』の表現（同前）

佐藤泰正　『明暗』の意味するもの〈漢詩との関連をめぐって〉（同前）

小泉浩一郎　津田とお延（同前）

山田有策・吉本隆明（対談）作家への視点（同前）

助川徳是『行人』『こゝろ』『道草』『明暗』の連続と非連続（同前）

深江　浩　漱石における日常性の造形（二『明暗』）『漱石長編小説の世界』（一九八一年一〇月　桜楓社）

玉井敬之「こゝろ」から「道草」「明暗」へ——「こゝろ」の位置「國文學　解釈と教材の研究」第三十六巻第十三号　特集・漱石「三四郎」と「こゝろ」の世界（一九八一年一〇月　學燈社）

三好行雄『明暗』の構造『講座　夏目漱石第三巻　漱石の作品(下)』（一九八一年一一月　有斐閣）

相原和邦　文体の分析——『明暗』を例として「国文学　解釈と鑑賞」第四十六巻第十二号（一九八一年一二月　至文堂）

内田道雄「明暗」小論『一冊の講座　日本の近代文学一　夏目漱石』（一九八二年二月　有精堂出版）

稲垣達郎　明暗——ある用意『稲垣達郎學藝文集』二（一九八二年四月　筑摩書房）

高木文雄「明暗」その現代性「別冊國文學」№14 '82　竹盛天雄編　夏目漱石必携Ⅱ（一九八二年五月　學燈社）

篠田浩一郎『破戒』と『明暗』『小説はいかに書かれたか』岩波新書（一九八二年五月　岩波書店）

山田昭夫　日曜学校長の有島武郎—札幌独立教会で見つかった記録から—「北海道新聞」（一九八二年八月一〇日　北海道新聞社）

河口　司　「明暗」私論　『夏目漱石論』（一九八二年八月　近代文藝社）

平川祐弘　現実描写とその由来――近代日本文学にあらわれた痔の例に即して　「比較文学研究」第四十二号（一九八二年一一月　東大比較文学会）

昭屋成治　「明暗」の主題と方法―第二章を中心に―　「成城国文」第六号（成城大学大学院国文科院生会）

神山睦美　『『それから』から『明暗』へ』（一九八二年一二月　砂子屋書房）

清水孝純　日本におけるドストエフスキー　『比較文学』日本文学研究資料叢書（一九八二年一二月　有精堂出版）

宮沢賢治　「明暗」の文体論的一考察――細部表出に沿って――　「国語と国文学」第六十巻第三号（一九八三年三月　東京大学国語国文学会）

Matsui Sakuko　View of an Elder Novelist-A Consideration of Tanizaki Jun'ichiro on Soseki's "Meian"　*The Jonrnal of the Oriental Society of Australia*　Vols15（一九八三年四月）

三好行雄　『明暗』の構造　『鷗外と漱石　明治のエートス』金鶏叢書5（一九八三年五月　力富書房）

吉本隆明・大西巨人　素人の時代　『吉本隆明対談集素人の時代』（一九八三年五月　角川書店）

槌田満文　千里眼――謎に終わった透視騒ぎ　『明治大正の新語・流行語』角川選書63（一九八三年六月　角川書店）

槌田満文　**市区改正――進まなかった都市計画案**（同前）

秋山公男　**『明暗』の方法（二）**「立命館文学」第四百五十四から四百五十六号（一九八三年六月　立命館研究所）

宮沢賢治　**「明暗」の文体論的一考察―再び細部表出に沿って―**「国語と国文学」第六十巻第七号（一九八三年七月　東京大学国語国文学会）

加納典子　**一郎・健三・津田**「近代文学ゼミ論集」第一号　特集・漱石（一九八三年七月　南山大学文学部細谷研究室）

馬場重行　**「明暗」ノート―「小林」をめぐって―**「文藝空間」第二巻第一号通巻第五号（一九八三年八月　文藝空間同人）

秋山公男　**『明暗』の方法（三）**「立命館文学」第四百五十七から四百五十九号（一九八三年九月　立命館研究所）

増田和利　**『明暗』**「関西文学」第二十一巻第八号通巻第二百三十七号（一九八三年一〇月　関西文学の会）

磯田光一　**漱石山房の内と外――『明暗』の基底にあるもの**『鹿鳴館の系譜』（一九八三年一〇月　文藝春秋）

清水孝純　**明暗―濃い大陸文学の陰―**「國文學　解釈と教材の研究」第二十八巻第十四号　特集・

三浦泰生　夏目漱石―比較文学の視点から（一九八三年一一月　學燈社）

秋山公男　**明暗についての一つの考察**　『近代文学についての私的覚え書き―作家たちのさまざまな生き方をめぐって―』（一九八三年一二月　近代文藝社）

佐藤泰正　**『明暗』の方法（一）**　『和田繁二郎博士古希記念　日本文学　伝統と近代』（一九八三年一二月　和泉書院）

大岡昇平　**『明暗』の終え方についてのノート**　「図書」（一九八四年一月　岩波書店）

伊豆利彦　**漱石晩期の漢詩―「明暗」との関連を軸として―**　『和歌文学とその周辺　池田富蔵博士古稀記念論文集』（一九八四年一月　桜楓社）

山田輝彦　**『明暗』の時空**　「日本文学」第三三巻第一号（一九八四年一月　日本文学協会）

石井　茂　**『明暗』私論**　『夏目漱石の文学　近代の文学14』（一九八四年一月　桜楓社）

片山祐子　**夏目漱石「明暗」と湯河原―温泉宿天野屋を中心に―**　石井茂・高橋徳共著『湯河原と文学』湯河原町立図書館叢書（一）（一九八四年三月　湯河原町立図書館）

清水　茂　**『明暗』吉川夫人論**　「古典研究」第十一号（一九八四年三月　ノートルダム清心女子大学国語国文学科）

漱石におけるジェーン・オースティン――「明暗」研究のための一覚書　「比較文学年誌」第二十号　特集・世紀末（一九八四年三月　早稲田大学比較文学研究室）

水谷昭夫　**漱石文芸とドストエフスキー**　『鑑賞日本現代文学　第五巻　夏目漱石』三好行雄編　（一九八四年三月　角川書店）

大岡昇平　**『明暗』の終え方についてのノート**　『姦通の記号学』（一九八四年六月　文藝春秋）

菊池昌実　**現実と幻想の間――『明暗』**　『漱石の孤独――近代的自我の行方』（一九八四年六月　行人社）

前田　勲　**『明暗《テクスト》』論**　「イミタチオ」創刊号　（一九八四年六月　金沢近代文学研究会）

橋川俊樹　**『明暗』―富貴と貧困の構図―**　「稿本近代文学」第七集　（一九八四年七月　筑波大学文芸言語学系平岡敏夫研究室）

重松泰雄　**漱石と禅**　「墨」第四十九号七月号　（一九八四年七月　芸術新聞社）

清水孝純　**『明暗』キー・ワード考―〈突然〉をめぐって―**　「九州大学文学論輯」第三十号　（一九八四年八月　九州大学教養部文学研究会）

高田瑞穂　**「明暗」の中絶**　『夏目漱石論―漱石文学の今日的意義―』　（一九八四年八月　明治書院）

尾形明子　**夏目漱石『明暗』のお延**　『作品の中の女たち―明治・大正文学を読む』　（一九八四年一〇月　ドメス出版）

大野淳一・永田英治・横川徹　**夏目漱石研究図書館映写室　明暗**　「国文学　解釈と鑑賞」第四十九巻第十二号　特集・新・夏目漱石研究図書館　（一九八四年一〇月　至文堂）

石崎　等　諸家〈『明暗』と『一兵卒の銃殺』〉（「早稲田文学」大正六年三月）（同前）
岡田英雄　『明暗』論―余裕を中心として―　『近代作家の表現研究』（一九八四年一〇月　双文社出版）
河原英雄　『明暗』試論―小林の位置―　「蒐書通信」第十号（一九八五年三月　田沢基久）
清水　茂　承前・漱石に於けるジェーン・オースティン―「明暗」と"Pride and Prejudice"と―　「比較文学年誌」第二十一号（一九八五年三月　早稲田大学比較文学研究室）
松井朔子　『明暗』の視点をめぐって　「国際日本文学研究集会会議録（第八回）」（一九八五年三月　国文学研究資料館）
西谷啓治・久山康・北山正迪（鼎談）　漱石と宗教　則天去私の周辺　「理想」第六二二号（一九八五年三月　理想社）
助川徳是　生きている夏目漱石《二〇《「明暗」の空白　「中日新聞（中日サンデー版「中学生」の欄）」（一九八五年八月一八日　中日新聞本社）
佐藤泰正　夏目漱石　明暗　「國文學　解釈と教材の研究九月臨時増刊号」第三十巻第十一臨時号特集・日本の小説555（一九八五年九月　學燈社）
石川正一　「明暗」論　「星稜論苑」第六号（一九八五年一二月　星稜女子短期大学経営学会）
大岡昇平　『明暗』の結末についての試案　「群像」第四十一巻第一号（一九八六年一月　講談社）
武田庄三郎　「明暗」――その理解と書かれざる部分　「立正大学大学院紀要」第二号（一九八六年二月

立正大学大学院）
原　睦美　夏目漱石『明暗』論　「大谷女子大国文」第十二号　和田繁二郎先生退職記念特輯　（一九八六年三月　大谷女子大学国文学会）
中村直子　『明暗』期の漢詩と『明暗』の方法論―〝最後の漱石〟像―　「東京女子大學日本文學」第六十五号　（一九八六年三月　東京女子大學日本文學研究會）
大岡昇平・三好行雄（対談）　漱石の帰結　「國文學　解釈と教材の研究」第三十一巻第三号　特集・「道草」から「明暗」へ　（一九八六年三月　學燈社）
熊坂敦子　「明暗」の方法　（同前）
中島国彦　人間喜劇としての「明暗」――リアリズムとニヒリズムを越えるもの　（同前）
相原和邦　「明暗」・表現論の視点から　（同前）
重松泰雄　「道草」から「明暗」へ―その連続と非連続―　（同前）
菅野昭正　「明暗」考　（同前）
近代作家用語研究会教育技術研究所（編）　『作家用語索引　夏目漱石（第二期）第一三巻　明暗（索引）』　（一九八六年五月　教育社）
近代作家用語研究会教育技術研究所（編）　『作家用語索引　夏目漱石（第二期）第一四巻　明暗（本文）』　（一九八六年五月　教育社）

猿渡重達　**漱石と学生たち「硝子戸の中」に対する公開状　「明暗」の前の知られざる挿話**　「毎日新聞」夕刊（一九八六年六月四日　毎日新聞社）

松元　寛　**『明暗』の世界――自閉する自我からの脱出――**　『夏目漱石――現代人の原像』（一九八六年六月　新地書房）

Brian Castro　Writing and the Body The Physiology of Soseki's style　*THE AGE Monthly Review* Number3（一九八六年七月）

西脇良三　**『明暗の世界』**「愛知学院大学論叢　一般教育研究」第三十四巻第一号通巻第八十号（一九八六年九月　愛知学院大学）

段正一郎　**『明暗』における『罪と罰』の影響**「近代文学論集」第十二号（一九八六年一一月　日本近代文学会九州支部「近代文学論集」編集部）

佐藤泰正　**『明暗』―最後の漱石―**『夏目漱石論』（一九八六年一一月　筑摩書房）

加藤二郎　**「明暗」考**「外国文学」三十五号（一九八六年一二月　宇都宮大学外国文学研究会）

木越なぎさ　**『明暗』論―その未完の収束―**「日本文学ノート」第二十二号通巻第四十四号（一九八七年一月　宮城学院女子大学日本文学会）

小宮豊隆　**『明暗』**『夏目漱石（下）』（一九八七年二月　岩波書店）

後藤明生　**二十世紀小説としての『明暗』**『文学が変るとき』（一九八七年五月　筑摩書房）

三好行雄　**明暗**　「國文學　解釈と教材の研究」第三十二巻第六号　特集・夏目漱石を読むための研究事典（一九八七年五月　學燈社）

中島国彦　**「こゝろ」「道草」から「明暗」へ**　「日本近代文学館」5・15（一九八七年五月　日本近代文学館）

鳥井正晴　**『明暗』研究（一）―序章・漱石とともに―**　前田妙子編著『日本文芸の形象』研究叢書44（一九八七年五月　和泉書院）

三好行雄　**「明暗」**　「國文學　解釈と教材の研究」作品別・近代文学研究事典（一九八七年七月　學燈社）

大江健三郎　**『明暗』の構造**　「季刊へるめす」十二号（一九八七年九月　岩波書店）

石原千秋　**作品の描く愛と性『明暗』（夏目漱石）**　「国文学　解釈と鑑賞」第五十二巻第十号（一九八七年一〇月　至文堂）

山本勝正　**漱石「明暗」論―津田の温泉行きの意味―**　「広島女学院大学国語国文学誌」第十七号（一九八七年一二月　広島女学院大学日本文学会）

鳥井正晴　**『明暗』研究ノート――明治四十四年〜大正四年二月――**　「大阪音楽大学研究紀要」第二十六号（一九八七年一二月　大阪音楽大学）

小島信夫　**〈日本文学の未来1〉情緒の波の形**　「海燕」（一九八八年一月　福武書店）

小島信夫　**〈日本文学の未来2〉日常これすべて事件**　「海燕」（一九八八年二月　福武書店）

小島信夫　**〈日本文学の未来3〉堂々たる秘密**　「海燕」（一九八八年三月　福武書店）

菊池真弓　**『明暗』に関する一考察**　「国文白百合」十九号（一九八八年三月　白百合女子大学国語国文学会）

小島信夫　**〈日本文学の未来4〉延子の泣き声**　「海燕」（一九八八年四月　福武書店）

加藤二郎　**『明暗』論―津田と清子―**　「文学」第五六巻第四号（一九八八年四月　岩波書店）

石井和夫　**夏目漱石　明暗**　『近代小説研究必携一卒論・レポートを書くために』（一九八八年四月　有精堂出版）

大江健三郎　**『明暗』の構造**　『最後の小説』（一九八八年五月　講談社）

小島信夫　**〈日本文学の未来5〉ベネット氏の沈黙**　「海燕」（一九八八年五月　福武書店）

大岡昇平　**『明暗』の結末について**　『小説家夏目漱石』（一九八八年五月　筑摩書房）

笹淵友一　**夏目漱石「明暗」私論**　「キリスト教文学研究」第五号（一九八八年六月　日本キリスト教文学会）

小島信夫　**〈日本文学の未来6〉ワナの予感**　「海燕」（一九八八年六月　福武書店）

水村美苗　**続・明暗（小説）**　「季刊思潮」創刊第一号（一九八八年六月　思潮社）

玉井敬之　**漱石の展開『明暗』をめぐって**　日本文学協会編『日本文学講座第六巻近代小説』（一

九八八年六月　大修館書店）
玉井敬之　「こゝろ」から「道草」「明暗」へ—「こゝろ」の位置　『漱石研究への道』国語国文学研究叢書38（一九八八年六月　桜楓社）
平岡敏夫　『明暗』、信と平和の輝き　「国文学　解釈と鑑賞」第五十三巻第八号　特集・夏目漱石作家論と作品論（一九八八年八月　至文堂）
塚越和夫　『明暗』の時空〈作品内世界の『明暗』について〉（同前）
遠藤　祐　『明暗』の人間関係〈津田と清子を中心に〉（同前）
井上百合子　『明暗』—その見果てぬ夢—　「目白文学・PARTⅡ」第五号（一九八八年一〇月　日本女子大学創作ゼミ卒業生の会）
石原千秋　『明暗』論——修身の〈家〉／記号の〈家〉——　「国文学　解釈と鑑賞」第五十三巻第十号（一九八八年一〇月　至文堂）
田邊恵美　夏目漱石『明暗』論—その主題をめぐって—　「国文目白」第二十八号（一九八八年一一月　日本女子大学国語国文学会）
石井和夫　「明暗」の原型——「Moment ノ perpetuation」のモチーフをめぐって　「文芸と思想」第五三号（一九八九年一月　福岡女子大学文学部）
小島信夫　〈日本文学の未来14〉焼かれた手紙の中身　「海燕」（一九八九年二月　福武書店）

南ひとみ　『明暗』論　「活水日文」第十九号　（一九八九年二月　活水女子短期大学日本文学会）

木村敦英　『明暗』―装置としての自然―　「国文学踏査」第十五号　（一九八九年三月　大正大学国文学会）

申　賢周　『明暗』研究史論　「湘南文学」第二十三号　（一九八九年三月　東海大学日本文学会）

小島信夫　〈日本文学の未来15〉その変貌　「海燕」　（一九八九年三月　福武書店）

坂口曜子　『躓きとしての文学　漱石『明暗』論』　（一九八九年四月　河出書房新社）

小泉浩一郎　臨終前後――『明暗』の精神　「國文學　解釈と教材の研究」第三十四巻第五号　特集・夏目漱石伝―作品への通路　（一九八九年四月　學燈社）

小島信夫　〈日本文学の未来16〉作者への抵抗　「海燕」　（一九八九年四月　福武書店）

岩橋邦枝　『明暗』の女たち　「新潮」第八六巻第六号　特集・夏目漱石再読　（一九八九年六月　新潮社）

石崎　等　晩年における文学の方法と思想――『道草』から『明暗』へ――Ⅲ〈自然〉と〈技巧〉　『漱石の方法』　（一九八九年七月　有精堂出版）

石崎　等　晩年における文学の方法と思想――『道草』から『明暗』へ――Ⅳ方法的転換――『明暗』の世界――　（同前）

石崎　等　晩年における文学の方法と思想――『道草』から『明暗』へ――Ⅴ〈則天去私〉の虚実　（同前）

石崎　等　**漱石万華鏡《カレイドスコープ》　X『明暗』と大正初期の文壇**（同前）

重田幸子　**「明暗」の検証**「藤女子大学国文学雑誌」第四十三号（一九八九年九月　藤女子大学国語国文学会）

髙木文雄　**『明暗』私感**「キリスト教文学研究」第六号（一九八九年一〇月　日本キリスト教文学会）

無　記　名　**日本ブームで漱石『明暗』も仏訳**「朝日新聞夕刊（海外文化の欄）」（一九八九年一一月七日　朝日新聞社）

高橋哲雄　**〈あやうい文体ランダム〉ミステリーと一般小説のはざま―『明暗』の場合―**　*Panoramic magazine is* №46（一九八九年一二月　ポーラ文化研究所）

加藤二郎　**『明暗』期漱石漢詩の推敲過程**「宇都宮大学教養部研究報告」第一部第二十二号（一九八九年一二月　宇都宮大学教養部）

Ⅳ【一九九〇年から一九九四年】

中島国彦　〈実感・美観・感興――近代文学に描かれた感受性（第十二回）〉「闇」の認識、「闇」の形象――裸体画『草枕』、そして『明暗』へ「早稲田文学」第八次通号百六十五号（一九九〇年二月　早稲田文学会）

西尾幹二　**『明暗』の結末**「海燕」（一九九〇年二月　福武書店）

佐古純一郎　**『明暗』**『夏目漱石の文学』（一九九〇年二月　朝文社）

清水　茂　**漱石「明暗雙雙」とそのベルグソン、ポアンカレーへの関聯について――「明暗」第二回の位相の考察**「比較文学年誌」第二十六号（一九九〇年三月　早稲田大学比較文学研究室）

申　賢周　**漱石『明暗』挿画考**「湘南文学」第二十四号（一九九〇年三月　東海大学日本文学会）

高橋実貴雄　**漱石――後期作品の問題**「浦和論叢」第四号（一九九〇年三月　浦和短期大学）

石田法雄　**漱石の『明暗』における社会批判**（英文）「滋賀県立短期大学学術雑誌」第三十七号（一九九〇年三月　滋賀県立短期大学）

佐々木充　**『明暗』論の基底**「国語国文研究」第八十五号（一九九〇年三月　北海道大学国文学会）

大江健三郎　**解説　夏目漱石『明暗』**『明暗』岩波文庫（一九九〇年四月　岩波書店）

若林　敦　**お延―『明暗』ノート―**　「国文学研究ノート」第二十四号（一九九〇年四月　神戸大学「研究ノート」の会）

井上百合子　**近代文学史における『明暗』**『夏目漱石試論――近代文学ノート』（一九九〇年四月　河出書房新社）

佐古純一郎　**『明暗』における「天然自然」について**『漱石論究』（一九九〇年五月　朝文社）

小平　武　**『明暗』その虚構の構造―作者の〈語る視点〉と人物の〈見る視点〉―**「比較文学研究」第五十七号　特輯夏目漱石を読む（一九九〇年六月　東大比較文学会）

加藤敏夫　**『漱石の『明暗』にとり入れられた「第二の自然主義の手法」』**マイブック・シリーズ64（一九九〇年七月　さいたま「マイブック」サービス）

三好行雄　**夏目漱石辞典**「別冊國文學」№39（一九九〇年七月　學燈社）

松田晴美　**『明暗』の結末について―「水の女」と破局への階梯―**「国文」第七十三号（一九九〇年七月　お茶の水女子大学国語国文学会）

内田道雄　**『明暗』の新聞挿画に見る「男と女」**「国文学　解釈と鑑賞」第五十五巻第九号　特集・夏目漱石文学に見る男と女（一九九〇年九月　至文堂）

水村美苗　**『續　明暗』**（一九九〇年九月　筑摩書房）

吉本隆明　**新・書物の解体学四七　水村美苗「続明暗」**　*marie claire Japon*　9（一二）（一九九〇年一

一月　中央公論社）

三好行雄　**注**『明暗　漱石文学作品集一五』（一九九〇年一一月　岩波書店）

大江健三郎　**解説**（同前）

越川正三　**『明暗』と『傲慢と偏見』**「関西大学文学論集」第四十巻第一号（一九九〇年一一月　関西大学文学会）

岡本孝明　**『明暗』論―主題へのアプローチ―**「愛媛國文研究」第四十号（一九九〇年一二月　愛媛國語國文學會）

寅岡真也　**二つの明暗―夏目漱石と野上弥生子の間―**（同前）

佐々木充　**『明暗』論**「年刊　日本の文学」第八集　特集・〈漱石〉を読みかえる（一九九〇年一二月　有精堂出版）

山田昭夫　**追跡・大石泰蔵「明暗」の自注書簡受信者**「北海道新聞」（一九九〇年一二月七日夕刊　北海道新聞社）

佐々木英昭　**愛させる理由**『叢刊・日本の文学一五夏目漱石と女性―愛させる理由―』（一九九〇年一二月　新典社）

中山恵津子　**夏目漱石後期小説における conflict の研究―夫婦関係をめぐって―**「研究論集」第五十三号（一九九一年　関西外国語大学関西外国語短期大学）

水村美苗・石原千秋　《インタビュー》水村美苗氏に聞く――『続明暗』から「明暗」へ　「文学」季刊第二巻第一号　特集・漱石を読む（一九九一年一月　岩波書店）
小森陽一　漱石の女たち―妹たちの系譜―（同前）
磯田光一　漱石山房の内と外――『明暗』の基底にあるもの　『鹿鳴館の系譜　日本近代文芸史誌』講談社文芸文庫（一九九一年一月　講談社）
小島信夫　〈日本文学の未来37〉続明暗へ　「海燕」（一九九一年二月　福武書店）
ヴァルドー・ヴィリエルモ　明暗―お延を中心に―　『群像日本の作家一　夏目漱石』（一九九一年二月小学館）
鳥井正晴　明暗評釈・一　第一回（上）「相愛女子短期大学研究論集」第三十八巻（一九九一年二月相愛女子短期大学研究論集編集員会）
申　賢周　夏目漱石の『明暗』論―お延像と「技巧」をめぐり―　「湘南文学」第二十五号（一九九一年二月　東海大学日本文学会）
角田旅人　「明暗」論―その物語構造をめぐって―　「いわき明星大学人文学部研究紀要」第四号（一九九一年二月　いわき明星大学人文学部）
藤井淑禎　あかり革命下の『明暗』「立教大学日本文学」第六十五号（一九九一年二月　立教大学日本文学会）

小島信夫　〈日本文学の未来38〉続明暗へ（三）「海燕」（一九九一年二月　福武書店）
柴田勝二　第一回シンポジウム報告―『明暗』をめぐって―「山口国文」第十四号―小特集・『明暗』―（一九九一年二月　山口大学人文学部国語国文学会）
中原　豊　『明暗』覚え書―〈幽霊〉〈黒〉〈水〉―（同前）
小川　卓　呉梅村のこと及び登場人物の女性について（同前）
久保教子　『明暗』～小林に関する一考察～（同前）
田口律男　ストラテジーとしての結婚―「明暗」論序説（同前）
水本精一郎　『明暗』論覚え書二三（同前）
金戸清高　『明暗』覚書（同前）
森下辰衛　対話の不在から不在の対話へ―『明暗』の一側面―（同前）
小島信夫　〈日本文学の未来39〉続明暗へ（四）「海燕」（一九九一年四月　福武書店）
田中文子　『夏目漱石『明暗』蛇尾の章』（一九九一年五月　東方出版）
加藤敏夫　『漱石の『明暗』の理念と構造及び結末』マイブック・シリーズ74（一九九一年五月　さいたま「マイブック」サービス）
小澤勝美　「明暗」私論―そのテーマと「天」の思想をめぐって―「近代文学研究」第八号（一九九一年五月　日本文学協会近代部会）

渡邊澄子『続明暗』について（同前）
小島信夫〈日本文学の未来40〉続明暗へ（五）「海燕」（一九九一年五月　福武書店）
江後寛士「明暗」から「続明暗」へ「河」第二十四号（一九九一年六月　王朝文学の会）
小島信夫〈日本文学の未来41〉続明暗へ（六）「海燕」（一九九一年六月　福武書店）
藤田健治『明暗』の種々相と「真」の文学への傾斜『漢詩』の世界と『硝子戸の中』未完成の完成『漱石　その軌跡と系譜』（一九九一年六月　紀伊國屋書店）
小山鉄郎　文学追跡『明暗』の結末をめぐって「文学界」第四五巻第八号（一九九一年七月　文化公論社）
小島信夫〈日本文学の未来42〉続明暗へ（七）―良心を鍛えるということ―「海燕」（一九九一年七月　福武書店）
吉田裕江　夏目漱石の『明暗』「虹鱒」終刊号（一九九一年八月　方法の会）
石原千秋　近代文学瞥見『明暗』は終わるか「海燕」（一九九一年八月　福武書店）
小島信夫〈日本文学の未来43〉続明暗へ（八）―病んでいることをめぐって―（同前）
小島信夫〈日本文学の未来44〉続明暗へ（九）一〇〇年の約束「海燕」（一九九一年九月　福武書店）
内田道雄『明暗』の新聞挿画に見る「男と女」（完）「古典と現代」第五九号（一九九一年九月　古典と現代の会）

小島信夫 〈日本文学の未来45〉続明暗へ（十） 作者と主人公 「海燕」（一九九一年一〇月 福武書店）

鳥井正晴・藤井淑禎（編） 『漱石作品論集成【第十二巻】明暗』（一九九一年一一月 桜楓社）

石原千秋 『明暗』論―修身の〈家〉／記号の〈家〉― 『漱石作品論集成【第十二巻】明暗』（一九九一年一一月 桜楓社）

加藤周一 漱石における「現実」―『明暗』について―（同前）

越智治雄 明暗のかなた（同前）

猪野謙二 『明暗』における漱石―虚無よりの創造―（同前）

岡崎義恵 「明暗」（同前）

大岡 信 『明暗』（同前）

小宮豊隆 『明暗』（同前）

江藤 淳 「明暗」（同前）

平野 謙 則天去私をめぐって――『明暗』と則天去私の関係（同前）

加藤二郎 『明暗』論―津田と清子―（同前）

藤井淑禎 あかり革命下の『明暗』（同前）

清水孝純 『明暗』キー・ワード考―〈突然〉をめぐって―（同前）

大岡昇平 『明暗』の結末について（同前）

秋山公男　『明暗』の方法　(同前)
三好行雄　「明暗」の構造　(同前)
唐木順三　『明暗』論　(同前)
鳥井正晴・藤井淑禎・太田登　(司会)　鼎談　(『明暗』)　(同前)
平岡敏夫　「明暗」　(同前)
北山正迪　漱石「私の個人主義」について―『明暗』の結末の方向―　(同前)
清水　茂　『明暗』にかんする断想　(同前)
髙木文雄　柳のある風景―『明暗』の方法―　(同前)
荒　正人　『明暗』解説　(同前)
内田道雄　『明暗』　(同前)
小島信夫　〈日本文学の未来46〉続明暗へ　(十一)　作者と主人公　(二)　「海燕」　(一九九一年一一月　福武書店)
小島信夫　〈日本文学の未来47〉続明暗へ　(十二)　作者と主人公　(三)　「海燕」　(一九九一年一二月　福武書店)
加藤富一　『明暗』序説――偶然と因縁と――　『夏目漱石―「三四郎の度胸」など―』【研究選書49】　(一九九一年一二月　教育出版センター)

冨塚祥子　『明暗』論―その収束部をめぐって―　「日本文学ノート」第二十七号通巻第四十九号（一九九二年一月　宮城学院女子大学日本文学会）

小島信夫　〈日本文学の未来48〉続明暗へ（十三）作家と主人公（四）「海燕」（一九九二年一月　福武書店）

小島信夫　〈日本文学の未来最終回〉続明暗へ（十四）作家と主人公（五）「海燕」（一九九二年二月　福武書店）

石原千秋　持続する結末――『明暗』と『續明暗』との間　「東横国文学」第二十四号（一九九二年三月　東横学園女子短期大学国文学会）

角田旅人　〈漱石の「則天去私」〉考　「いわき明星大学人文学部研究紀要」第五号（一九九二年三月　いわき明星大学人文学部）

河野基樹　「明暗」の津田由雄―〝非転向〟への幻想―　「国学院大学大学院文学研究科論集」第十九号（一九九二年三月　國學院大學大学）

酒井茂之（編）　◆明暗〈克明に描いた人間の心の明暗〉『続・一冊で日本の名著100冊を読む』（一冊で100シリーズ⑳）（一九九二年三月　友人社）

申　賢周　夏目漱石『明暗』論―津田像をめぐり―　「言語と文芸」第四百八号　小特集・夏目漱石（一九九二年四月　国文学言語と文芸の会）

相原和邦　『明暗』――〈性〉と〈愛〉の対立　「國文學　解釈と教材の研究」第三十七巻第五号　特集・漱石論の地平を拓くもの―いま作品を読む　（一九九二年五月　學燈社）
石井和夫　夏目漱石研究はどこまで来たか――いわゆる〈新批評〉の推移　（同前）
藤田　寛　『明暗』論　『作家を読む　花袋・藤村・漱石の世界』水戸評論叢書一号　（一九九二年八月　水戸評論出版局）
福地誠・藤田寛・塩地寿夫・三次茂・櫻井義夫（司会）　座談会　夏目漱石『明暗』の世界　（同前）
松岡京子　『明暗』小論――前半部に見る世界の特質　「会誌」第十一号　（一九九二年八月　日本女子大学大学院の会）
粂川光樹　『明暗』の『明暗』らしさ―構造とスタイルについて―　「古典と現代」第六十号　（一九九二年九月　古典と現代の会）
鳥井正晴　二つの我が我を―津田とお延―　「日本文芸研究」日本文学科開設五十周年記念号　（一九九二年九月　関西学院大学日本文学会）
柄谷行人　『明暗』『漱石論集成』　（一九九二年九月　第三文明社）
水田宗子　女への逃走と女からの逃走―近代日本文学の男性像―　「日本文学」第四一巻第一一号　（一九九二年一一月　日本文学協会）
関谷由美子　『明暗』の主人公―心トイフ舞台―　「年刊　日本の文学」第一集　（一九九二年一二月　有

精堂出版）

西田　勝　夏目漱石『私の個人主義』と『明暗』年戦略　『近代文学閑談』（一九九二年一二月　三一書房）

小島信夫　『明暗』、その再説　『漱石を読む――日本文学の未来』（一九九三年一月　福武書店）

小島信夫　続明暗の探求　（同前）

石原千秋　「三四郎」と「明暗」の手紙　「東横国文学」第二十五号　（一九九三年三月　東横学園女子短期大学国文学会）

松岡京子　お延の担うもの―『明暗』小論―　「中央大学国文」第三十六号　（一九九三年三月　中央大学国文学研究室）

赤井恵子　『明暗』の演劇的空間―力の発揮とイデオロギー上演の場―　「熊本短大論集」第四十三巻第二号　通巻第九十九号　（一九九三年三月　熊本短期大学）

申　賢周　夏目漱石『明暗』論―日記・断片・書簡との関わり―（一）　「湘南文学」第二十七号（一九九三年三月　東海大学日本文学会）

秋山公男　『明暗』――構想とモチーフ（一）　「愛知大学文学論叢」第百二輯　（一九九三年三月　愛知大学文学会）

久保田芳太郎　『明暗』論　「東横国文学」第二十五号　（一九九三年三月　東横学園女子短期大学国文学会）

金　貞淑　**『明暗』試論―地図からの俯瞰―**　「新樹」第八輯　（一九九三年三月　梅光女学院大学大学院文学研究科日本文学専攻）

山田昭夫　**札幌農学校学生・大石泰蔵の肖像―夏目漱石と有島武郎の周辺―**　「藤女子大学国文学雑誌」第五十号　（一九九三年三月　藤女子大学藤女子短期大学国文学会）

鳥井正晴　**明暗評釈　二　第一回（下）**　「相愛国文」第六号　（一九九三年三月　相愛女子短期大学国文学研究室）

石原千秋　**夏目漱石『明暗』**　「国文学　解釈と鑑賞」第五十八巻第四号　特集・大正昭和初期長編小説事典　（一九九三年四月　至文堂）

申　賢周　**夏目漱石『明暗』論―お秀像をめぐり―**　「言語と文芸」百九号　（一九九三年四月　国文学言語と文芸の会）

大石修平　**『明暗』試論**　『感情の歴史―近代日本文学試論』（一九九三年五月　有精堂出版）

松元　寛　**『明暗』の世界――自閉する自我からの脱出――**　『漱石の実験―現代をどう生きるか』（一九九三年六月　朝文社）

十川信介　**地名のない街―『明暗』断章―**　「文学」季刊第四巻第三号　特集・漱石の空間　（一九九三年七月　岩波書店）

内田道雄　**『明暗』論―清子を読む―**　（同前）

加藤二郎　漱石の言語観―『明暗』期の漢詩から―（同前）

秋山公男　『明暗』――構想とモチーフ（二）「愛知大学文学論叢」第百四輯（一九九三年一〇月　愛知大学文学会）

内田道雄　漱石研究の現在⑤『明暗』その他「漱石研究」創刊号　特集・『漱石と世紀末』（一九九三年一〇月　翰林書房）

十川信介　漱石研究の現在⑰『明暗』の原稿について（同前）

木村豊房　ドストエフスキーで漱石を読む『近代日本文学とドストエフスキー―夢と自意識のドラマ―』（一九九三年一二月　成文社）

水田宗子　女への逃走と女からの逃走――近代日本文学の男性像『物語と反物語の風景』（一九九三年一二月　田畑書店）

大野晃彦　バンヴェニストの「イストワール（物語）」概念と語り手の機能―漱石の『明暗』をめぐって―「慶應義塾大学言語文化研究所紀要」第二五号（一九九三年一二月　慶応義塾大学言語文化研究所）

岩橋邦枝　コラム　晩年の二作『漱石火山脈展』（一九九三年一二月　東京都近代文学博物館）

石川正一　人間活力と『明暗』「星稜論苑」第十七号（一九九三年一二月　星稜女子短期大学経営学会）

石原千秋　明暗　研究の現在／隠す『明暗』／暴く『明暗』［作品の分析］「國文學　解釈と教材の

研究一月」第三十九巻第二臨時号　夏目漱石の全小説を読む〈併載〉文学批評を読む（一九九四年一月　學燈社）
申　賢周　**夏目漱石『明暗』論―吉川夫人・天探女―**「言語と文芸」百十号（一九九四年二月　国文学言語と文芸の会）
藤崎　康　**唐突に結びついた『エヴァの匂い』**『夏目漱石を読む―私のベスト一―』リテレール別冊⑤（一九九四年一月　メタローグ）
篠原資明　**「眉」と「尻」の間で進行する物語**（同前）
菅野昭正　**常識の地平をひろく見渡した人**（『明暗』）（同前）
内藤　誠　**『明暗』から『続明暗』まで**（同前）
Kent 井上　**『明暗』　余裕の崩壊**『漱石的世界の男と女』（一九九四年二月　近代文藝社）
申　賢周　**夏目漱石『明暗』論―日記・断片・書簡とのかかわり（二）上―**「湘南文学」第二十八号（一九九四年三月　東海大学日本文学会）
鳥井正晴　**明暗評釈　三　第二章（上）**「相愛国文」第七号（一九九四年三月　相愛女子短期大学国文学研究室）
飯田祐子　**『明暗』論―女としてのお延と、男としての津田について―**「文学」季刊第五巻第二号（一九九四年四月　岩波書店）

飯田祐子　**『明暗』論―〈嘘〉についての物語―**　「日本近代文学」第五十集（一九九四年五月　日本近代文学会）

秋月龍珉　**漱石が「則天去私」へと至る道**　「プレジデント」特集・夏目漱石（一九九四年五月　プレジデント社）

無記名　**夏目漱石初版本の世界Ⅲ・明暗**　「〈墨スペシャル〉七月臨時増刊　墨コレクション」第一号　特集―文人夏目漱石（一九九四年七月　芸術新聞社）

石井和夫　**漱石の正成、芥川の義仲……「明暗」と寺田寅彦訳・ポアンカレー「偶然」との関係**　「叙説」Ⅹ　特集・近代日本の偶像（一九九四年七月　叙説社）

小森陽一　**初めての恋愛小説――『明暗』**　『漱石を読む』岩波セミナーブックス48（一九九四年七月　岩波書店）

小池清治　**漱石の日本語**（同前）

王　秀珍　**『明暗』論―「不可思議な力」の支配する世界―**　「日本文芸論叢」第九・十合併号（一九九四年一〇月　東北大学文学部国文学研究室）

池田美紀子　**『明暗』〈対話〉する他者**　『日本文学における〈他者〉』（一九九四年一一月　新曜社）

片岡　豊　**〈演劇的空間〉としての『明暗』―夏目漱石『明暗』論のために―**　「作新学院女子短期大学紀要」第十八号（一九九四年一一月　作新学院女子短期大学紀要委員会）

佐々木英昭　**「技巧家」という他者――漱石文学のなかの女性**　『日本文学における〈他者〉』（一九九四年一一月　新曜社）

多田道太郎　**始まりの情景**（「明暗」を論じる）『漱石全集』第十一巻　月報11（一九九四年一一月　岩波書店）

鳥井正晴　**拮抗する津田（我）とお延（汝）―『明暗』第一部の基本的構造―**『仏教と人間』中西智海先生還暦記念論文集（一九九四年一二月　永田文昌堂）

V【一九九五年から一九九九年】

中山恵津子　夏目漱石の『明暗』とJane AustenのPride and Prejudiceにおける対人conflictの研究――女性像をめぐって：その一「研究論集」第六十一号（一九九五年一月　関西外国語大学）

無　記　名　夏目漱石『明暗』の原稿について「日本近代文学館」百四十三号 1・1（一九九五年一月　日本近代文学館）

石原千秋　●作品論―『明暗』論―〈修身〉の家／〈記号〉の家―『卒業論文のための作家論と作品論』国文学　解釈と鑑賞別冊（一九九五年一月　至文堂）

小山慶太　『明暗』とポアンカレの「偶然」『漱石とあたたかな科学　文豪のサイエンス・アイ』（一九九五年一月　文藝春秋）

申　賢周　『明暗』研究史の一面――清子像をめぐり「言語と文芸」百十一号（一九九五年一月　国文学言語と文芸の会）

松岡陽子マックレイン　漱石とジェーン・オースティン『孫娘から見た漱石』（一九九五年二月　新潮社）

沢　英彦　漱石文学の時間―「則天去私」と『明暗』をめぐって―「日本文学研究」第三十二号

川嶋葉子　（一九九五年三月　高知日本文学研究会）

呉　俊永　『明暗』にみる〈妻〉たち―お秀を中心に―　「日本女子大学大学院文学研究科紀要」創刊号　（一九九五年三月　日本女子大学）

申　賢周　『明暗』小論―津田における「暗い不可思議な力」をめぐって―　「文学研究論集」第十二号　（一九九五年三月　筑波大学比較・理論文学会）

鳥井正晴　夏目漱石『明暗』論―日記・断片・書簡との関わり（二）下―　「湘南文学」第二十九号　（一九九五年三月　東海大学日本文学会）

水田宗子　明暗評釈　四　第二章（中）　「相愛国文」第八号　（一九九五年三月　相愛女子短期大学国文学研究室）

細谷　博　女への逃走と女からの逃走―近代日本文学の男性像―　『表現とメディア』日本のフェミニズム7　（一九九五年四月　岩波書店）

申　賢周　津田の〈余裕〉、『明暗』の〈おかしみ〉　「文芸と批評」第七巻第十一号（通巻第七十一号）　（一九九五年五月　福岡女子大学）

上田閑照　夏目漱石『明暗』論―岡本その他の人物造形をめぐり―　「近代文学注釈と批評」第二号　（一九九五年五月　東海大学注釈と批評の会）

近代文学に見る仏教思想　夏目漱石――「道草から明暗へ」と仏教　『岩波講座日本文学

と仏教第一〇巻近代文学と仏教』（一九九五年五月 岩波書店）

十川信介 **地名のない街――『明暗』断章** 『日本文学を読みかえる12都市』（一九九五年六月 有精堂出版）

小島信夫・小森陽一・石原千秋（鼎談）**『明暗』から見た明治** 「漱石研究」第五号 特集・漱石と明治（一九九五年一一月 翰林書房）

渡邊澄子 **『明暗』――小林登場の意味** 『女々しい漱石、雄々しい鷗外』（一九九六年一月 世界思想社）

細谷 博 **紳士たちの物語、夫婦和合譚――『細雪』から『明暗』へ** 『凡常の発見 漱石・谷崎・太宰』南山大学学術叢書（一九九六年二月 明治書院）

細谷 博 **『明暗』の面白さ、わかりやすさ―〈対〉の世界―**（同前）

鳥井正晴 **明暗評釈 五 第二章（下）**「相愛国文」第九号（一九九六年三月 相愛女子短期大学国文学研究室）

加藤敏夫 **『漱石の「則天去私」と『明暗』の構造』**（一九九六年六月 リーベル出版）

山口昌哉 **カオスと漱石の『明暗』とポアンカレ** 「潮」450（一九九六年八月 潮出版社）

山口昌哉 **漱石『明暗』とポアンカレ** 『講座［生命］'96生命の思索』（一九九六年九月 哲学書房）

佐々木啓 **『明暗』の方法** 「北見大学論集」三六（一九九六年一〇月 北海学園北見大学学術研究会）

西谷啓治　夏目漱石『明暗』について　『宗教と非宗教の間』同時代ライブラリー（一九九六年一一月　岩波書店）
常石史子　文字からの文学論――夏目漱石『明暗』の文字形式　「漱石研究」第七号　特集・漱石と子規（一九九六年一二月　翰林書房）
山本真由美　『明暗』の戦略――走りまわる登場人物たちと〈不在〉「実践国文学」51（一九九七年三月　実践国文学会）
吉田　真　加藤敏夫著『漱石の「則天去私」と『明暗』の構造』「日本文學誌要」第五十五号（一九九七年三月　法政大学国文学会）
鳥井正晴　明暗評釈　六　補遺（第二章）、第三章～第六章　「相愛国文」第十号（一九九七年三月　相愛女子短期大学国文学研究室）
嘉指信雄　ジェイムズから漱石と西田へ――「縁暈」の現象学、二つのメタモルフォーゼ　「哲学」№48（一九九七年四月　法政大学出版局）
藤尾健剛　お住がお延になるとき（『道草』『明暗』）「國文學　解釈と教材の研究」第四十二巻第六号特集・夏目漱石時代のコードの中で―二十一世紀を視野に入れて―（一九九七年五月　學燈社）
中　賢周　漱石の女性観『明暗』の女性たちを中心として「国文学　解釈と鑑賞」第六十二巻第六

号　特集・外国人が見た夏目漱石―夏目漱石研究をめぐって（一九九七年六月　至文堂）

陳　明順　**則天去私**『漱石漢詩と禅の思想』（一九九七年八月　勉誠社）

石原千秋　**『明暗』論―修身の〈家〉／記号の〈家〉―**『反転する漱石』（一九九七年一一月　青土社）

内田道雄　**『夏目漱石―『明暗』まで』**（一九九八年二月　おうふう）

鳥井正晴　**明暗評釈　七　第六章（続き）～第九章**「相愛国文」第十一号（一九九八年三月　相愛女子短期大学国文学研究室）

高柳幸子　**『明暗』の特殊性**「金城学院大学大学院文学研究科論集」第四巻（一九九八年三月　金城学院大学大学院文学研究科）

関谷由美子　**『明暗』の主人公―心トイフ舞台―**『漱石・藤村―「主人公」の影』（一九九八年五月　愛育社）

飯田祐子　**『明暗』〈嘘〉の物語・三角形の変異体**『彼らの物語』（一九九八年六月　名古屋大学出版会）

熊倉千之　**『明暗』――漱石の詩と真実**「東京家政学院大学紀要　人文・社会科学系」通号三八号（一九九八年七月　東京家政学院大学　東京家政学院短期大学）

佐藤裕子　**『明暗』論**「玉藻」第三四号（一九九八年九月　フェリス女学院大学国文学会）

飯田祐子　**『明暗』お延は何を決心したのか**「AERA Mook「漱石」がわかる。」（一九九八年九月　朝日新聞社）

内田道雄　「明暗」以後――続・漱石におけるドストエフスキイ　「古典と現代」第六六号（一九九八年一〇月　古典と現代の会）
小森陽一　結婚をめぐる性差―『明暗』を中心に―　「日本文学」第四八巻第一一号（一九九八年一一月　日本文学協会）
坂本育雄　「明暗」の世界　「国文鶴見」第三十三号（一九九八年一二月　鶴見大学日本文学会）
石原千秋　内田道雄著『夏目漱石――『明暗』まで』「日本文学」第四八巻第三号（一九九九年三月　日本文学協会）
鳥井正晴　明暗評釈　八　第十一章～第十八章　「相愛国文」第十二号（一九九九年三月　相愛女子短期大学国文学研究室）
紅野敏郎　「漱石」―「明暗」―「現代」『開館記念特別展　夏目漱石展―「漱石文庫」の光彩―』（図録）（一九九九年三月　仙台文学館）
近藤加寧子　新聞小説と挿絵―『坑夫』・『三四郎』・『明暗』を中心に―　「日本文学研究年誌」第八号（一九九九年三月　金沢学院大学日本文学研究室）
高柳幸子　『明暗』における「京都」の機能　「金城学院大学大学院文学研究科論集」第五巻（一九九九年三月　金城学院大学大学院文学研究科）
熊倉千之　漱石『明暗』の「純白」について　「金城学院大学論集」第一八七号（一九九九年三月

大竹雅則　『明暗』―小林の問題―『漱石　その遐なるもの』（一九九九年四月　おうふう）
金城学院大学）

大竹雅則　最後の漱石『明暗』―津田と清子（お延の問題をからめながら）―（同前）

石崎　等　『明暗』における下位主題群の考察「国語と国文学」第七六巻第七号（一九九九年七月
東京大学国語国文学会）

石井　茂　不動滝と夏目漱石小説「明暗」『湯河原の文学と観光』（一九九九年九月　湯河原温泉観光
協会）

石井　茂　湯河原温泉と文人遺墨・夏目漱石（同前）

加藤二郎　『明暗』論―津田と清子―『漱石と禅』（一九九九年一〇月　翰林書房）

加藤二郎　「明暗」考（同前）

加藤二郎　漱石と禅―「明暗」の語に即して―（同前）

須田晶子　『明暗』にみる漱石の女性観（上）「東京女子大学日本文学」第九十二号（一九九九年一
〇月）

武田勝彦　漱石の東京――『明暗』を中心に「教養諸学研究」107（一九九九年一二月　早稲田大学政
治経済学部教養諸学研究会）

Ⅵ【二〇〇〇年から二〇〇三年】

王　　成　〈修養〉理念としての「則天去私」―『道草』・『明暗』のめざす方向―「立教大学日本文学」第八十三号（二〇〇〇年一月　立教大学日本文学会）

佐伯順子　『明暗』――自由ゆえの不自由『恋愛の起源』（二〇〇〇年二月　日本経済新聞社）

武田勝彦　明暗『漱石の東京（Ⅱ）』（二〇〇〇年二月　早稲田大学出版部）

金　英順　『明暗』論〈利口〉な近代人と「自然」「東洋大学大学院紀要　文学研究科〈国文学・英文学・日本史学・教育学〉」第三十六集（二〇〇〇年二月　東洋大学大学院）

山本芳明　漱石評価転換期の分析―『こゝろ』から漱石の死まで―「文学」隔月刊第一巻第二号（二〇〇〇年三月　岩波書店）

鳥井正晴　明暗評釈　九　第十九章～第二十四章「相愛国文」第十三号（二〇〇〇年三月　相愛女子短期大学国文学研究室）

須田晶子　『明暗』にみる漱石の女性観（下）「東京女子大學日本文學」第九十三集（二〇〇〇年三月　東京女子大學日本文學研究會）

荻原桂子　『明暗』論――「鏡」による自己の相対化『夏目漱石の作品研究』（二〇〇〇年三月　花

書院）

李　智淑　**『明暗』お延をめぐる「家」と「家族」の問題**　「近現代文学研究《文学における家・家族》」（二〇〇〇年三月　大東文化大学大学院文学研究科日本文学専攻渡邊澄子研究室）

鳥井正晴　**「明暗」論の前提**　『漱石から漱石へ』（二〇〇〇年五月　玉井敬之編　翰林書房）

佐藤裕子　**「今迄も夢、今も夢、是から先も夢」――『明暗』論**　『漱石解読―〈語り〉の構造』近代文学研究叢刊22（二〇〇〇年五月　和泉書院）

深江　浩　**特集：「二〇世紀文学私のこの一冊」夏目漱石『明暗』**「世界文学」第九一号（二〇〇〇年七月　世界文学会）

日水史子　**夏目漱石『明暗』論―〈病院〉という場所《トポス》**　「国文」第九十三号（二〇〇〇年七月　お茶の水女子大学国語国文学会）

呉　順英　**夏目漱石『明暗』論―語り手が捉えた清子と津田、相互に対する意識―**『文学のこゝろとことばⅡ』（二〇〇〇年八月　『文学のこゝろとことば』刊行会）

柴田陽子　**『明暗』研究史ノート―作品全体像とお延像・小林像の変遷―**「文月」第五号（二〇〇〇年一一月　大阪教育大学国文学第一研究室近代文学研究会）

田中邦夫　**『明暗』と漢詩の『自然』**「（大阪経済大学）教養部紀要」第一八号（二〇〇〇年一二月　大阪経済大学）

織田道代　明は暗、暗は明　「公評」（二〇〇〇年一二月　公評社）
松沢和宏　仕組まれた謀計（はかりごと）――『明暗』における語り・ジェンダー・エクリチュール　「國文學　解釈と教材の研究」第四十六巻第一号　特集・新しい漱石へ（二〇〇一年一月　學燈社）
西谷啓治　夏目漱石『明暗』について　『宗教と非宗教の間』（二〇〇一年三月　岩波書店）
仲　秀和　『明暗』断想　『漱石―『夢十夜』以後―』（二〇〇一年三月　和泉書院）
有光隆司　「偶然」から「夢」へ――『夢十夜』変奏としての『明暗』「国文学　解釈と鑑賞」第六十六巻第三号　特集・二十一世紀の夏目漱石―作品論（二〇〇一年三月　至文堂）
石崎　等　『明暗』における下位主題群の考察（その二）「梅光女学院大学公開講座論集」第四八集（二〇〇一年四月　笠間書院）
柄谷行人　『明暗』『増補漱石論集成』（二〇〇一年八月　平凡社）
重松泰雄　漱石は「明暗」の筆をその後どう続けようとしたのか　『漱石その解纜』（二〇〇一年九月　おうふう）
田中邦夫　『明暗』における「自然物」と「西洋洗濯屋」の風景――禅的世界観と漱石の『明暗』執筆態度との繋がり　「大阪経大論集」第五十二巻第四号（二〇〇一年一一月　大阪経大学会）
田中邦夫　『明暗』における清子の形象―『十牛図』『碧巌録』および漱石詩との関係―　「大阪経大

論集」第五十二巻第六号（二〇〇二年三月　大阪経大学会）

鳥井正晴　**明暗評釈　十　第二十五章〜第二十九章**「相愛国文」第十五号（二〇〇二年三月　相愛女子短期大学国文学研究室）

鄭　守娘　**『明暗』論―「病」を軸として―**「文研論集」第三九号（二〇〇二年三月　専修大学大学院学友会）

呉　敬　**漱石文学における家族関係――『明暗』の場合**「文芸と批評」第九巻第五号（二〇〇二年五月　福岡女子大学）

吉本隆明　**資質をめぐる漱石**『明暗』『夏目漱石を読む』（二〇〇二年一一月　筑摩書房）

田中邦夫　**『明暗』（フランス料理店の場面）と構想メモとしての五言絶句―作者漱石の視点と小林・津田の形象―**「大阪経大論集」第五十三巻第五号（二〇〇三年一月　大阪経大学会）

長谷部浩　**漱石に挑む　強靭な女性達の国―永井愛作・演出『新明暗』について―**「文学界」第五七巻第一号（二〇〇三年一月　文化公論社）

出原隆俊　**「明暗」論の出発**「国語国文」第七十二巻第三号　日野龍夫教授退官記念　近世文学・近代文学特輯（二〇〇三年三月　京都大学文学部国語国文学研究室）

田中邦夫　**『明暗』における小林の造形と七言律詩―『明暗』の創作方法―**「大阪経大論集」第五十三巻第六号（二〇〇三年三月　大阪経大学会）

鳥井正晴　『明暗評釈　第一巻（第一章〜第四十四章）』（二〇〇三年三月　和泉書院）
見掛美智子　『明暗』におけるMoney and Time――〝お金〟と〝お時〟「大谷大学大学院研究紀要」第二〇号（二〇〇三年三月　大谷大学大学院）
山田喜美子　「明暗」のお延の描かれ方―絵の女と現実の女―「鶴見日本文学」第七号（二〇〇三年三月　鶴見大学大学院日本文学専攻）
平石貴樹　『明暗』とアメリカ文学「英語青年」第一四九巻第二号（二〇〇三年五月　研究社）
高野実貴雄　明暗の方法「浦和論叢」第三〇号（二〇〇三年六月　浦和大学短期大学部）
見掛美智子　夏目漱石『明暗』の中の小林「文芸論叢」第六一号（二〇〇三年九月　大谷大学文芸学会）
岡庭　昇　待ち伏せるもの――夏目漱石『道草』から『明暗』へ「公評」第四〇巻第一〇号（二〇〇三年一一月　公評社）
山下久樹　漱石『明暗』論『解釈と批評はどこで出会うか』（二〇〇三年一二月　砂子屋書房）

初出一覧

Ⅰ

第一章　近代文学研究の現在（一）―ゆらぎの中で―

「幻惑」としての読み―漱石の『文学論』を手がかりとして―　「国文論藻」第二号（二〇〇三年三月　京都女子大学大学院文学研究科国文学専攻）、ただし、大幅に改稿した。

第二章　近代文学研究の現在（二）―文学の価値―

「文学」の価値―消費の観点から―　「国文論藻」第四号（二〇〇五年三月　京都女子大学大学院文学研究科国文学専攻）

Ⅱ

第一章『明暗』における「技巧」（一）―津田とお延をめぐって―

『明暗』における「技巧」―津田とお延をめぐって―　「解釈」第五十巻　第一・二月号（二〇〇四年二月　解釈学会）

第二章『明暗』における「技巧」（二）―分類と概観―

『明暗』における「技巧」（二）—分類と概観—「解釈」第五十一巻　第七・八月号（二〇〇五年八月　解釈学会）

第三章　芸術上の「技巧」

第一節「素人」と「黒人」、第二節　絵画における「技巧」、第三節　文学における「技巧」

夏目漱石の「技巧」論—芸術上の「技巧」を中心に—「国文論藻」第一号（二〇〇二年三月　京都女子大学大学院文学研究科国文学専攻）ただし、大幅改稿の上、三分割した。

第四節「素人と黒人」をめぐって

夏目漱石における「素人」性—「素人と黒人」を中心として—「女子大國文」第百二十三号（一九九八年六月　京都女子大学国文学会）

第四章『明暗』における作者の視座—〈「私」のない態度〉の実践—

『明暗』における作者の視座—〈「私」のない態度〉の実践—『「明暗」論集　清子のいる風景』（鳥井正晴監修・近代部会編　二〇〇七年八月　和泉書院）

Ⅲ

第一章　人間関係上の「技巧」と芸術上の「技巧」（書き下ろし）

第二章「技巧」の評価（書き下ろし）

あとがき

博士論文を書き終えてほっとしている間に、うかうかと二年を過ごしてしまった。この度出版の機会を賜り、読み返してみるに、若々しさとともに稚拙さを否めない。人には稚拙さばかりが眼につくものと思う。しかし、稚拙なりに一つのまとまりを持ち、すでに私の手を半ば離れているように思う。そこで、なるべく全体のまとまりを崩さないように、調整を試みた積もりである。

多くの人にそうであるように、博士論文を書き上げるまでの道のりは私にも平坦なものではなかった。人はそれぞれの葛藤や辛さを抱えていると思うが、私の場合、それは幼子を抱えての家庭との両立ということであった。正直、辞めようと思ったこともあった。けれども、このようにできあがったものを前にすると、私の生きてきた証が確かにここにあるという気がして、嬉しい。

私が、母校である京都女子大学の博士後期課程に入ったのは、同修士課程を出て、九年を経てからである。学部時代、修士課程時代からお世話になった先生、本ができたら読んでもらいたいと思う先生の何人かは、残念ながらすでに鬼籍に入ってしまわれた。とりわけ堀井哲夫先生を博士後期課程在学中に亡くしたことは、私にとって、言葉に尽くせない悲しみであった。「君の前に道が拓けてうれしいよ、頑張ってくれ。心から応援しているよ。」不自由になられた手で、そう書いて下さったお手紙が、最後のものとなってしまった。「あなたの論は素直ないい論です。」と、若い私を激励して下さった北山正迪先生も、綿密な調査が研究には不可欠であることを教えて下さった内田満先生も、兄のように優しく相談にのって下さった加藤二郎先生も、亡くなってしまわれた。

ただし、棲む世界を異にしても、精神的には今なおその方々に支えられていることには変わりがない。その言葉の一つ一つは、いつも私の心の引き出しの中に大切にしまってあるのだから。

「近代部会」には、博士後期課程入学以前からお世話になっている。一旦大学を離れた私が、曲がりなりにも研究を続けて来られたのは、この会のお陰であると思う。とくに、鳥井正晴先生、田中邦夫先生、仲秀和先生、西川正子先生、村田好哉先生、宮薗美佳さんからは、忌憚のない議論で、長年にわたり、刺激を頂いてきた。博士後期課程入学以来、京都女子大学でお世話になってきた、濱川勝彦先生には、研究者としてだけでなく、女性として生きる私の人生全体を慈父のような温かさで見守って頂いてきた。

最後になってしまったけれど、入学以来指導教官となって頂いた海老井英次先生には、趣味として、自分の楽しみのために研究を続けていた私に、学問のプロの水準、その覚悟の厳しさを教えて頂いた。海老井先生のご指導は、論文を書くためにどうしたらいいか、常に具体的で懇切なものであった。「あなたなら、大丈夫。」と、いつも私を信頼して、進むべき道を示して下さった。その優しさと期待に支えられて研究を続けてこられたのだと思う。私のような暢気な人間が博士論文を書き上げることができたのは、海老井先生との出会いがあってのことである。

沢山の方のおかげでこの本を出版できたことを思うと、感謝は尽きない。

また、出版を快諾して下さった和泉書院の廣橋研三社長と、社長とのご縁を頂いた鳥井先生に、この場を借りてお礼を申し上げたい。

中村美子

■著者略歴

中村美子（なかむら よしこ）

専攻　日本近代文学　博士（文学）
1967年、京都に生まれる。京都女子大学卒業。京都女子大学大学院修士課程修了。京都女子大学大学院研修者、京都大学研究生を経て、京都女子大学博士後期課程入学。同課程単位満了退学後、現在は、京都女子大学非常勤講師。

近代文学研究叢刊 36

夏目漱石絶筆『明暗』における「技巧」をめぐって

二〇〇七年一一月三〇日初版第一刷発行
（検印省略）

著者　中村美子
発行者　廣橋研三
印刷所　太洋社
製本所　大光製本所
発行所　有限会社 和泉書院

大阪市天王寺区上汐五-三-八
〒五四三-〇〇〇二
電話　〇六-六七七一-一四六七
振替　〇〇九七〇-八-一五〇四三

装訂　上野かおる

ISBN978-4-7576-0435-3　C3395